チカクサク
今井恭子
いとうあつき・画
くもん出版

チカクサク

もくじ

第一章　盗《ぬす》みきいたこと……5
第二章　飛んできた花びら……21
第三章　菜の花畑に暮《く》らす……41
第四章　おじさんの隠《かく》しごと……69

第五章　さらわれて……89
第六章　子犬たちの行方《ゆくえ》……119
第七章　女《おんな》絵《え》師《し》……139
第八章　燃《も》えた蝋《ろう》燭《そく》……163
第九章　チカクサク……189

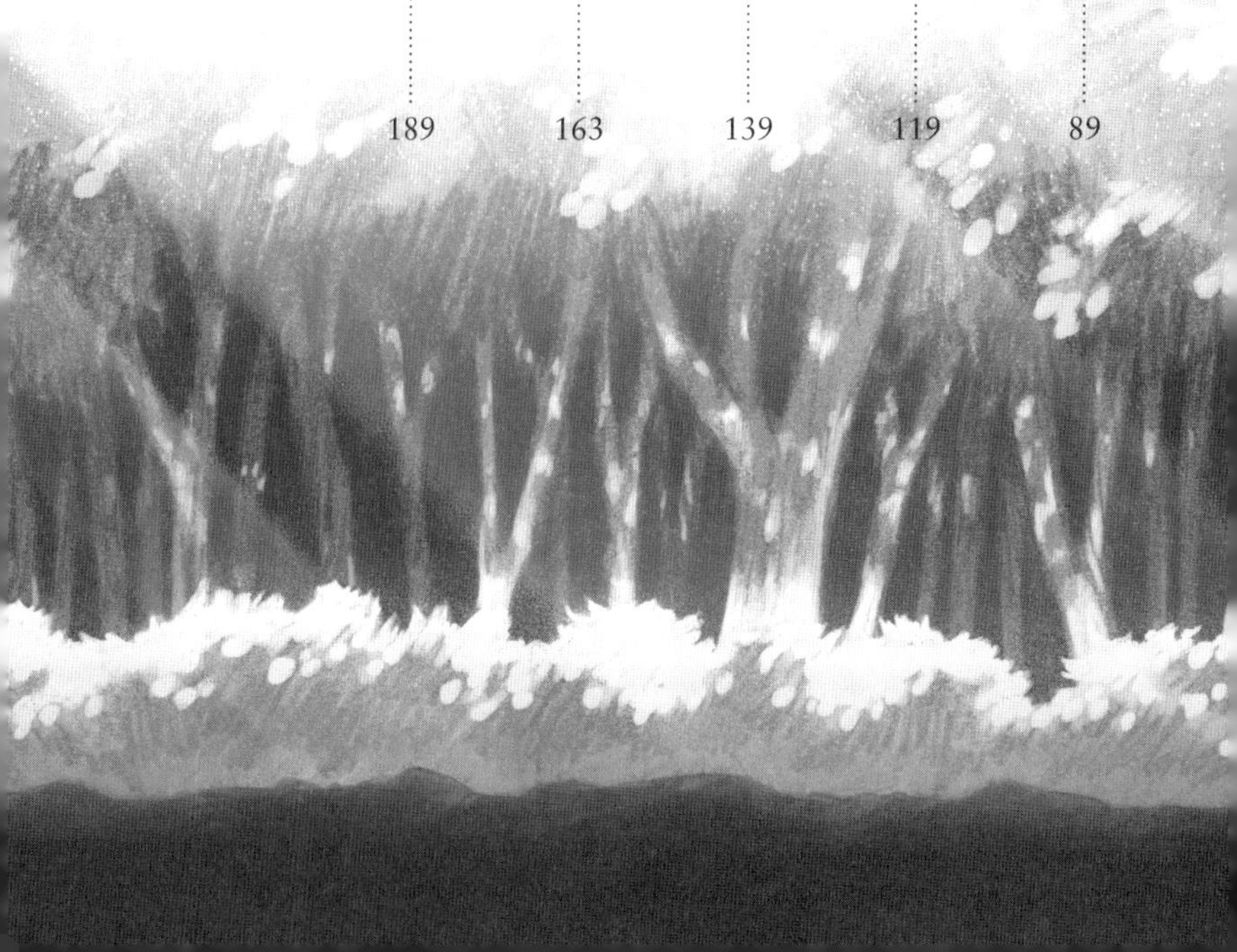

装丁・本文デザイン／城所潤（JUN KIDOKORO DESIGN）

第一章 盗《ぬす》みきいたこと

「英《えい》ちゃーん、チンドン屋が来るよー！」

履《は》き物屋《ものや》の店内をわがもの顔にかけぬけると、茶の間の上《あ》がり框《がまち》に手をついてカンちゃんが叫《さけ》んだ。三軒先《さんげんさき》の金物屋の末息子だ。

「見に行こう！」

おそい昼食が、ちょうど終わろうとするところだった。

英治《えいじ》はいっしょにちゃぶ台をかこんでいた母さんと雪乃《ゆきの》おばさんに、いいよねと、ちらりと視線《しせん》を投げた。

「ああ、行っといで」

おばさんが、うなずいてから立ちあがった。

「あら、カンちゃん。ボタン、かけちがっとるよ」

いいながら、カーディガンのボタンをかけなおしてやった。

母さんは、たったいま、弟の裕也《ゆうや》がちゃぶ台にこぼしたみそ汁《しる》を片《かた》づけるのにいそがしい。

英治はするりと立っていって土間を見まわしたが、ズック靴《ぐつ》は見あたらなかった。

カンちゃんはじりじりあとずさって、いまにも走りだしそうにしている。

「はやく、はやく」

立てつづけにせかされ、英治《えいじ》は思わず姉ちゃんの下駄《げた》をつっかけた。

表通りへ走りでるとき、

「英兄ちゃん、ぼくもー！」

裕也《ゆうや》の幼《おさな》い声を背中《せなか》できいたが、ふりかえることはなかった。

チンドン、チンドン……。

軽快《けいかい》な響《ひび》きが遠くにきこえていたが、姿《すがた》はまだ見えなかった。

子どもたちが音のするほうへ走っていく。カンちゃんがもどかしげに手をひっぱったが、姉ちゃんの下駄が大きすぎて走りにくかった。

先頭を歩いてくるのは、赤い日傘《ひがさ》の下で鉦《かね》や太鼓《たいこ》をたたく男だった。派手《はで》な着物にちょんまげのかつら、歌舞伎《かぶき》役者のような化粧姿《けしょうすがた》はチンドン屋の定番だ。そのうしろでは、同じような出《い》で立《た》ちの大柄《おおがら》な女が、ななめがけにした大きな太鼓をたたいている。さらに、前ふたりのふん装《そう》とはまったくチグハグなピエロ姿の若者《わかもの》が、クラリネットを吹《ふ》いてついてくる。三人の背中には、衣料品店の大売り出しを知らせる大きな紙がひらひらゆれていた。

一行は右へ左へ、せまい通りいっぱいに蛇行《だこう》しながら練りあるいてきた。

商店街にはときおりこうしてチンドン屋があらわれたが、やってくるのはいつもこの一《いち》団《だん》だった。顔ぶれも、衣装《いしょう》も、演目《えんもく》も同じだった。にもかかわらず、子どもたちは毎回、よろこんで集まってきた。

英治《えいじ》はいつも不思議だった。いや、おそろしかった。こわいもの見たさで、ついかけてくるのだ。

親分らしい先頭の男は、ずいぶん年をとっていた。額《ひたい》やほほにはあつい白塗《しろぬ》りでもかくせない、深いしわがきざまれている。それがなにかいわくありげな傷《きず》に見えて、まずはそのしわがこわかった。また、紅《べに》をひいたぶあつい唇《くちびる》はそれ自体がひとつの生きもののようで、男がにこやかに笑いかけたり、歌ったり、宣伝文句《せんでんもんく》を唱えたりする合間に、ひそかに毒気《どくけ》のようなものを吐《は》きちらしているような気がしてならなかった。だからこそ、その口もとに視線《しせん》は吸《す》いよせられるのだった。

女と若者《わかもの》も異様《いよう》だったが、それはあくまでも先頭の男にあやつられてのことだ、と思った。

一団がにぎやかに目の前を通過《つうか》すると、カンちゃんはきまってクラリネットを吹《ふ》くまねをしながらついていった。カンちゃんはきっと、英治《えいじ》も同じようにしておもしろおかしく練りあるいてくる、と思っていたにちがいない。

だが、英治はいつまでも男の深いしわと赤い口の残像《ざんぞう》を見ながら、自分もあやつられてついていく。カンちゃんがちらりとふりかえる瞬間《しゅんかん》だけ、機械的ににこりと笑いかえした。

この日は姉ちゃんの下駄《げた》のせいで、歩きにくいばかりか小さな不安も胸《むね》にしこっていた。

いまごろ姉ちゃんは下駄を探《さが》しているかもしれない。

見つかったら、頭ごなしにどなられるのはわかっていた。

総勢《そうぜい》十一人が暮《く》らす家は、通りに面した一階が履《は》き物屋《ものや》の店舗《てんぽ》になっていた。

愛知県《あいちけん》の中ほどにあるこの町が江戸《えど》時代には宿場町《しゅくばまち》であったことや、店の前の通りが天下の東海道《とうかいどう》であることを、子どもたちはもの心つくころからくりかえしきかされて育ったものだ。いまさっきチンドン屋が練りあるいていった同じ道を、かつては大名行列が行き来していたことになる。

江戸時代のにぎわいは想像するしかないが、昭和二十八年現在《げんざい》も往年《おうねん》の宿場町の名に恥《は》じぬ盛況《せいきょう》ぶりだった。食料品店はもちろんのこと、本屋、家具屋、衣料品店、金物屋から旅館、芸者置き屋や映画館《えいがかん》まで、数十軒《すうじゅっけん》の店が軒《のき》を連ね、近郊《きんこう》の人びとが買いものにやってくればそろわぬものなどなにもなかった。

桐塚屋《きりづかや》は英治《えいじ》の父とその兄が家族ぐるみで営《いとな》む、このあたりでは大きな履《は》き物屋《ものや》だった。草履《ぞうり》や下駄《げた》ばかりか、靴《くつ》やスリッパ、足袋《たび》や靴下——ようするに、足に履くものならなんでもそろう店だった。軒下《のきした》には古色蒼然《こしょくそうぜん》とした看板《かんばん》のほかに、大きな草鞋《わらじ》がつるされている。そんなところに宿場町《しゅくばまち》の面影《おもかげ》が残されていた。

幸次《こうじ》おじさん夫婦《ふうふ》には、戦前生まれで英治より九歳《さい》年上と、戦後生まれで三歳年上の息子がいた。英治自身にも二歳ちがいの姉と弟がいた。隠居《いんきょ》の祖母《そぼ》もいたし、住みこみのお手伝いもおいていたので大家族である。

商店街の多くの店も、似《に》たりよったりの家族構成《こうせい》だった。英治と同じ年ごろの子どもたちが大勢《おおぜい》いた。父さんと幸次おじさんもそうだったが、昭和二十年の終戦を機に、国の内外から帰還《きかん》した兵士《へいし》たちが家へもどってきたり、あるいはあらたに家庭をもったりした結果、子どもがたくさん生まれたのだ。いわゆるベビーブームである。

人びとは敗戦の痛手《いたで》から立ちあがり、生活を立てなおそう、国を新しく盛《も》りたてていこう、とやっきになっていた。それは田舎町《いなかまち》の商店街でも同じだった。

雑然《ざつぜん》としたにぎわいの中を、子どもたちは走りまわっていた。

英治《えいじ》は五歳《ごさい》になっても、言葉が出なかった。

「なかなかしゃべるようにならんね」

母さんと雪乃《ゆきの》おばさんがときどき思いだしたようにそういったが、心配はしても、どう対処《たいしょ》すべきか探《さぐ》るだけの余裕《よゆう》はなかった。

家電製品《せいひん》などラジオくらいしかなかった。すべての家事は手作業だったから、女たちは息つく暇《ひま》もなく働いた。男も同様である。

商店街に休みは元旦《がんたん》しかなかった。どこの店も夜九時ごろまで開けていたので、食事は手のあいた者からばらばらと交代でとる。家族全員がそろって食卓《しょくたく》をかこむなど、贅沢《ぜいたく》なことだった。

英治が言葉を発しないことを、親せきや商店街の子どもたちは、別に不思議にも思わなかった。大きい子も小さい子もごったに過《す》ごすのがあたりまえの時代だったから、中には口から先に生まれたような子もいれば、だんまりの子もいる。ガキ大将《だいしょう》もいれば、子分もいる。はめをはずしてばかりのお調子者もいれば、泣き虫もいる。英治を仲間はずれにする理由はなかった。

しかし、「やぁやぁわれこそは……」などと、映画《えいが》やラジオできしった口上を述《の》べあってのチャンバラごっこがはじまると、英治《えいじ》は新聞紙を丸めた刀をただ宙《ちゅう》にふりまわすだけだった。見よう見まねの小さな手で丸めた新聞紙はすぐにくたっと折れてしまい、用をなさなくなった。刀をふりかざし群れになって走りさるのは年長の男の子たちだ。そんなとき、英治はふと自分の幼《おさな》さをみじめに感じた。

けれども、言葉の問題でとくに気おくれすることはなかった。そういう意味では、屈託《くったく》のない子どもだった。頭の中に、じつは言葉はうずまいていたが、それを発する術《すべ》を知らなかった。

そうこうするうちに、二歳《にさい》ちがいの弟、裕也《ゆうや》が先にかたことを話しだした。

さすがに母さんは、しきりに周囲《しゅうい》へもらすようになった。

「どうしたんだろうね。英治はちっともしゃべるようにならんでね」

それをきいた親せきや近所の人びとは、大ようにかまえて母さんをなぐさめる。いや、なだめるといったほうがあたっていた。

「時山《ときやま》のばあさんところの娘《むすめ》も、そんなふうだったよ。あの娘がだよ。ある日いきなりしゃべりだしたら、あのとおり。いまじゃ口を閉《と》じる暇《ひま》がないじゃないか」

「小学校にあがれば、いやでもしゃべるようになろうが」

電車に乗って大きな病院に連れていこうにも、どこへ行ったらいいかもわからなかった。手近にたよれるのは、町医者の田辺《たなべ》の老先生くらいのものだった。

田辺先生の診察室《しんさつしつ》は、医院らしからぬほこりっぽいひなびたにおいがした。新品のころは豪華《ごうか》だったであろうゴブラン織《お》りのソファや椅子《いす》が、ただただ古くなって部屋の半分を占領《せんりょう》していた。この部屋がもとは応接室《おうせつしつ》だった、とわかる遺品《いひん》のようだった。

傷《きず》だらけの大きな黒い机《つくえ》には、書類や雑誌《ざっし》が雑然《ざつぜん》と積みかさなっており、聴診器《ちょうしんき》や注射器《ちゅうしゃき》を入れる金属製《きんぞくせい》の皿など、先生の商売道具はすみっこに追いやられている。机の上の紙の山は、いつ行っても減《へ》りもしなければ増《ふ》えもしなかった。

英治《えいじ》がいつものように、座面《ざめん》の革《かわ》がすりきれた回転椅子に腰《こし》をかけ、まるで人ごとのように足をぶらぶらさせていると、

「だいじょうぶ、だいじょうぶ」

と、先生はなにを根拠《こんきょ》にか、うけあった。

先生がこの件《けん》で母さんから相談を受けるのは、はじめてではなかった。

「でも、あとから生まれた裕也《ゆうや》のほうが、先に達者にしゃべっとるでね」

母さんが不満そうに訴《うった》えると、先生は「よっこらしょ」と、腰を上げた。立ちあがったことで、先生の白髪頭《しらがあたま》が背後《はいご》にある棚《たな》と同じ高さになったとき、英治《えいじ》ははじめて棚の上のさびついたような時計に気がついた。

針《はり》はぜったいにとまっている、と思った。

じいっと見つめていても……ほら、ぴくりとも動かない。

でも、とまったままの時計が何時何分をさしているのかはわからないし、気にもならなかった。まだ時計の読み方を習ったことはなかった。

先生はゆっくりとドアのほうへ歩いていってから、くるりと向きをかえて、「英ちゃん！」と、声をかけた。

英治がふりかえると、先生は小走りにもどってきて細い肩《かた》を抱《だ》きしめ、うれしそうに母さんにいうのである。

「ほらね、耳はきこえている。もう少し、待ちなさいよ」

そう、耳はきこえていた。

よくきこえていた。

英治《えいじ》は年長のいとこたちにくらべれば、やはりひとり遊びをしたり家の中で過《す》ごすことが多かったから、大人どうしのふとした会話を耳にする機会は多かった。

男たちが昼食をすませ店へもどったあと、雪乃《ゆきの》おばさんと母さんが残りものをつつきながらちゃぶ台越《ご》しにかわす低い会話や、台所のすみでおばさんがお手伝いの咲《さき》ちゃんに声をひそめてぼやくことなど、大っぴらには語れない内容《ないよう》であることを本能的《ほんのうてき》に察することもあった。

意味がわかることも、わからないこともあった。わからないことのほうが断然《だんぜん》多かったが、だからこそ、英治は耳をそばだてた気がする。

たとえば、廊下《ろうか》の柱のかげで思いがけずきいたのは……。

「その後、太一《たいち》さんから連絡《れんらく》は？」

母さんがささやくと、雪乃おばさんが、「しっ！」と、制《せい》したのがわかった。唇《くちびる》に指を押《お》しあてているのかもしれない。

「やはり、ないですか。あれっきりだけど、どこでどうしているんでしょうね？」

「まさか死んではいないだろうよ。それならそれで、警察《けいさつ》か役所からでも知らせがあるだろうよ」

英治《えいじ》は息をひそめた。

母さんが「でも……」と、いいかけたところで、昼食のあいだ、座布団《ざぶとん》に寝《ね》かされていた裕也《ゆうや》がぐずりだした。

「あら、におうわよ。ウンチじゃないの？」

おばさんに指摘《してき》され、母さんがもうしわけなさそうに、そそくさと立ちあがるのがわかった。

「あ、すみません。今朝からちょっとお腹《なか》、ゆるいから。裕也、着がえるよ」

ふたりのないしょ話は、それっきりになった。

英治は柱に背《せ》をつけたまま、その場にずるずると座《すわ》りこんだ。

昼でもうす暗い廊下《ろうか》は長居《ながい》をする場所ではない。が、そのときばかりはしばらく座りこんでいると、ぼんやりと思いだした。

太一《たいち》さんというのは、もうひとりのおじさんだ。戦争に行って銃撃戦《じゅうげきせん》で脚《あし》を失った、ときいたことがある。

多分、そうだ。

と、思ったとたん、耳にしたことはあるが、ききながしていたひとことにつながるものがあった。

「ほんとうに死んでてもらわんと」

遠い親せきの老婆《ろうば》が草履《ぞうり》を買いに、ひさしぶりに桐塚屋《きりづかや》へ立ちよったときのことだ。近いのや遠いのや、親せきと名のる家はそこらじゅうにあった。当《とう》の買いものはそっちのけで、老婆はわがもの顔に茶の間へ上がりこむと、雪乃《ゆきの》おばさんと世間話をはじめた。

客の顔ぶれはさまざまだったが、そんなことは日常茶飯事《にちじょうさはんじ》だった。でも、そのときたまたまおばさんの膝《ひざ》に座《すわ》っていた英治《えいじ》は、期せずして大人どうしのひそひそ話をきかされることになった。

たわいない短い雑談《ざつだん》からいざ本題にうつろうという息づかいで、老婆はあおいでいた扇子《せんす》をパチッと閉《と》じた。

「何度考えても、人騒《ひとさわ》がせなこっちゃ。気《き》の毒《どく》は気の毒だがな。自分の墓《はか》を見る者なんぞ、そうはおらんもんな」

「また、その話ですか」

雪乃おばさんはあきらかに迷惑《めいわく》そうにいって、膝の上に英治をゆすりあげた。それから、ちらりと店のほうをふりかえった。おじさんや父さんには、きかせたくないのだ。

「戦死したと報告《ほうこく》があったんだ。ほんとうに死んでてもらわんと。なぁ」

老婆は自分のいいたいことは、何度でも、来るたびにいわずにはいられないふうだった。

「居場所《いばしょ》がなくなっとったら、せっかく生きて帰っても、本人も家族もいたたまれん」

「ですから……三男だから、ゆずって出ていくっていったんですよ」

おばさんは英治《えいじ》をちらりと目でさした。

英治にはふたりの会話の意味はほとんどわからなかった。まして、三男というのが自分の父親のことだ、とは想像《そうぞう》もできなかった。

「でも、太一《たいち》さん、死んだはずの者が、いなくなるだけだって。みんながとめるのもきかず、出ていったんですから」

そこで、雪乃《ゆきの》おばさんはちょっと乱暴《らんぼう》に英治の背中《せなか》を押《お》しやり、立ちあがった。

「お茶、いれましょう。さ、英ちゃんは、咲《さき》ちゃんに飴《あめ》でももらっておいで」

飴ときいて、英治はそそくさと立ちあがり、お手伝いの咲ちゃんを探《さが》しに走っていった。

キャラメルならいいな、と思った。


事の真相はこうだった。

太一《たいち》は、桐塚屋《きりづかや》の長男で跡《あと》とり息子だった。戦時中は三人兄弟が三人とも、前後して兵隊に取られた。太一が南方で戦死したと知らせが来たのは、終戦の半年ほど前だった。くたびれた軍帽《ぐんぼう》のほかにはなにも、遺骨《いこつ》さえもどらなかった。妻《つま》は悲嘆《ひたん》に暮《く》れ、ふたりの子どもを連れて里へ帰った。先祖代々《せんぞだいだい》の墓《はか》には太一の名をきざみ、軍帽をおさめてある。

終戦後、最初に帰還《きかん》したのは英治《えいじ》の父、三男の幸三《こうぞう》だった。男手を取られたあと、女たちがほそぼそと守ってきた商売に、幸三は休む暇《ひま》もなくとりかかった。二か月おくれで今度は次男の幸次《こうじ》も帰ってくると、ふたりは手分けして懸命《けんめい》に働いた。

ところが、ようやく商売が軌道《きどう》に乗ったころ、戦死したはずの太一がふらりともどってきた。激戦《げきせん》の混乱《こんらん》の中、情報《じょうほう》は錯《さく》そうし、こういうことはけっしてめずらしくなかったが、家族にとっては衝撃的《しょうげきてき》なできごとだった。

「生きていてよかった」

もちろん、だれもがそういってむかえた。

しかし、片脚《かたあし》をなくし、なれぬ松葉杖《まつばづえ》にたよる太一の姿《すがた》をまのあたりにすると、どんな言葉も助けにならないことはみな、わかっていた。

「兄さんが帰ってきたんだ。おれはどこかにつとめ口を探《さが》すよ。戦争がなければ、当然そうするはずだったんだから」

幸三《こうぞう》は本気だったが、太一《たいち》は頭を縦《たて》にふらなかった。

「これが戦争なんだ。終わりはない」

ぼそりとそういったのを最後に、姿《すがた》を消してしまったのだ。

そんないきさつを、英治《えいじ》はもちろん知るはずもない。

ただ、きれぎれに耳にしたことから、太一おじさんという人は戦争で片脚《かたあし》を失ったこと、せっかく生きて帰ったのに、どこかへ行ってしまったことしかわからなかった。いや、それだけは強く印象《いんしょう》に残った。

第二章 飛んできた花びら

桐塚屋《きりづかや》の東側には、南向きの小さな庭に通じる路地があった。路地の中ほどには勝手口があり、台所への出入りは路地から、という家のつくりになっていた。

勝手口のすぐわきには古ぼけた小さな犬小屋があり、雑種《ざっしゅ》の雌犬《めすいぬ》が鎖《くさり》でつながれていた。黒い犬だから、名前は当然のようにクロだった。

路地は子どもたちにとって、かっこうの遊び場だった。敷石《しきいし》が一面に敷《し》きつめてあったので、メンコやコマ回しをしたり、ゴム飛びに興《きょう》じたり、ろう石で絵を描《か》いたりするにも好都合だった。塀《へい》によりかかったり敷石に座《すわ》りこんだ子どもたちが、母親や近所の店のおばさんからもらった駄菓子《だがし》を食べているのも、路地での見なれた光景だった。

そんなとき、クロはチャラチャラと鎖の音をさせながら、子どもたちのあいだを鎖の長さだけうろついた。

飼《か》い犬《いぬ》に引《ひ》き綱《づな》をつけて、わざわざ散歩に連れだすような悠長《ゆうちょう》な習慣《しゅうかん》などなかった。

「ほれ、行ってこい」

父さんが朝晩《あさばん》、首輪から鎖をはずしてやると、クロはあたりまえの顔をして路地を出ていき、好き勝手にどこかをうろついてはもどってきた。えさはもっぱら残飯だった。

また、たいていの家では猫《ねこ》も飼《か》っていた。ネズミをとってくれるからだ。桐塚屋にもトラという雄猫《おすねこ》がいたが、猫こそ自由気ままにうろつきまわる。

あるとき遊びに来ていたカンちゃんが、「あれ?」と、指をさしたことがある。

「英《えい》ちゃん、いま階段《かいだん》のぼってった猫、ミー助《すけ》じゃない?」

英治《えいじ》はトラをふりかえってから、かぶりをふった。

「うそだぁ。うちの猫だよ」

英治はトラが消えた階段を、信じられない思いでぽかんと見上げた。

「ミー助、英ちゃんちによく来るんだ」

決めつけるようにいわれると、英治はついうなずいてしまった。

うなずいたことをすぐに後悔《こうかい》はしたが、もう取りけすことはできなかった。


「ただいまよ。ただいま!」

美子《よしこ》姉ちゃんがくりかえす。

さっきから、二階のうすっぺらいガラス戸に春雨《はるさめ》が伝っていた。外へ出られないこんな日は、姉ちゃんのままごとから逃《のが》れようがない。

美子が畳《たたみ》の上へ風呂敷《ふろしき》を広げ、小さな家をかまえ、出入り口とさだめた場所を指さすのはいつものことだ。

「英《えい》ちゃん、お父さんなんだから。そこから上がってきて。ただいまよ」

英治《えいじ》はだまって入り口を入った。

「もう、いつもいってるでしょ。そこにドアがあるの。ちゃんと開けてから入ってきて」

英治は一瞬《いっしゅん》、かたまったが、すぐに風呂敷《ふろしき》を下りてから、いわれたとおり目に見えぬドアを開ける仕草をした。

すると、今度は、

「あっ、手！　ちがうでしょ」

と、怒《おこ》られた。

英治はあわてて、左手を尻《しり》のうしろにかくした。

英治は左利《ひだりき》きである。母さんは当然のように、右手を使わせようとしてきた。それを見て育っているので、美子《よしこ》も弟が左手を使うたびに正してやるのが姉のつとめだと信じている。

右手でドアを開けて入ってきた英治を見ると、ようやくままごとにもどった。

「あら、あなた。おかえりなさい。おつかれになったでしょ？」

山の手ふうのこんないい方をする者は周囲《しゅうい》にいなかったが、ラジオドラマのせりふをききおぼえてのことだった。

「問屋さんはどうでした？」

これは商家の子どもならではのせりふだったが、口調はやはり気どっていた。

英治《えいじ》はこくりとうなずくだけだ。

「まあ、よかったわ。じゃあ、すぐに夕ごはんの支度《したく》をしますからね。ほら、英ちゃん、つったってないで。そこ、そこに座《すわ》るの」

いわれるまま、英治は風呂敷《ふろしき》の端《はし》っこに正座《せいざ》をした。が、急いで足をくずした。

「お父さんは家ではあぐらをかくの」

と、つい先日、きつく注意されたのを思いだしたからだ。

姉ちゃんはこちらに背《せ》を向け、かいがいしく夕ごはんの支度をはじめた。小さな板切れをまな板にして、竹べらの包丁でトントン、音を立てる。大根やにんじんをきざんでいるつもりなのだ。板の上にはなにもない。

どうしてこんなふりができるのか、なにがおもしろいのか、理解《りかい》できなかった。

しめやかな雨に、古い木造《もくぞう》家屋がほっと息をついている。この家で嗅《か》ぐ雨の日のにおいだ。

クロは犬小屋で丸まっているだろう。

トラは……と、見まわすと、タンスの上にうずくまり、うす目を開いてこちらを見下ろしていた。

英治《えいじ》は手をあげ、おいでおいでをした。気が向けばやってくる。

トラはひらりと飛びおりてから、ながながと伸《の》びをした。それから、おもむろに英治のほうへやってきたのだが、途中《とちゅう》、できあがった夕ごはんをふみつけたらしい。

「ああっ！ トラのバカ！」

姉ちゃんは叫《さけ》んで立ちあがった。

「英ちゃんが呼《よ》んだからでしょ。もう、やだ。こんなのつまんない！」

ままごと道具もそのままに、いいすてて走っていった。

半分は自分のせいだ、とわかっている。だからといって、悔《く》やみもしなかった。どんな形にせよ、ままごとから解放《かいほう》されたのだ。

英治はほっとため息をついて、猫《ねこ》を抱《だ》きあげた。

雨脚《あまあし》が強くなった。

今日はどこへも行けないよ。カンちゃんの家にもだ。

英治《えいじ》はなめらかな背中《せなか》をなではじめたが、トラは迷惑《めいわく》そうに、フッ、とうなった。そして、細い腕《うで》をするりとぬけだし、ふたたびタンスの上へかけのぼった。

弟の裕也《ゆうや》は美子《よしこ》より英治になついた。年齢《ねんれい》が近いせいもあったが、それよりはものいいのきつい姉よりも、なにもしゃべらない英治のほうが気がおけない存在《そんざい》だったのかもしれない。

ひとり歩きができるようになると、英治のあとをついてまわり、兄のすることはなんでもかんでもまねしたがった。

英治が外へ遊びに行ってしまえば、さすがについてこられなかったが、家では「英兄ちゃん、英兄ちゃん」の声がどこへでも追ってきた。

「英兄ちゃん、ぼくも……」

裕也がそういえば、英治はどんな遊びもゆずってやり、無言のままがまんづよくつきあってやったものだ。楽しくてそうしたわけではないが、いやだとも思わなかった。

英治が五歳《ごさい》、裕也が三歳の春先のことである。

いつにも増《ま》してあたたかい昼下がりだった。

二階の和室から外へつきだしてつくられた物干《ものほ》し場《ば》は、まぶしい陽光に包まれていた。物干しざおにはシャツやズボンや寝間着《ねまき》など、大家族の洗濯物《せんたくもの》がところせましとぶらさがっている。すのこ状《じょう》の床《ゆか》の上には、底が減《へ》り、形もいびつになったスリッパが転がっていた。

人には新品を売っているのに。

子ども心にも、ときどき思うことである。

英治《えいじ》は風にゆれる洗濯物の下で、床のすのこを道路に見立て、おもちゃの自動車を押《お》したりひいたりして遊びだした。

おばあちゃんに買ってもらった赤い自動車は、ただのブリキの箱に窓《まど》や乗客の横顔を描《か》いただけの安物だったが、車輪だけは前後に動かすとくるくるとまわった。

車は、親せきの家に行くときに何度かバスに乗ったことがあるだけだ。商売用にも車をもつ家はまだ少なかった。だから、たとえおもちゃであっても、この自動車はお気に入りだった。なんといっても、車輪がほんとうにまわるだけでわくわくした。

「英兄ちゃん、ブーブー、ぼくも」

裕也《ゆうや》がセーターの袖《そで》をひいた。

英治《えいじ》は一瞬《いっしゅん》しぶったが、しかたなくおもちゃをゆずると、しばらく手もちぶさたにしゃがんで裕也の遊びぶりをながめていた。すのこの溝《みぞ》に車輪がはまって動かなくなると、手をそえてもとの位置にもどしてやった。

そのうち、英治はぶらさがっている洗濯物《せんたくもの》を一枚《いちまい》ずつ、あおむけた顔でわざとこすりながら歩きだした。湿《しめ》り気《け》を残す衣類は、洗濯石けんの強いにおいを放っている。それを嗅《か》ぎたくなくて息をつめて、シャツ、スカート、寝間着《ねまき》……と、顔でこすって物干《ものほ》し場《ば》の端《はし》から端へ往復《おうふく》して歩いた。

左端の最後の一枚は父さんのズボンだった。これもはきふるして、裾《すそ》がすりきれている。何度か行きつもどりつしているうち、父さんのズボンがはらりと顔からはなれた瞬間《しゅんかん》、小さな点が目の端をよぎった。

あらためて目で追うと、花びらだ。

南のほうから白いひとひらが、ひらひらと流れてきた。ひらひらと。まるでチョウのように。

「チョウチョには、チョウの道があるんだとさ」

いつだったか、おばあちゃんがしたり顔でいったひとことを思いだした。

花びらは庭の上を横切ると、迷《まよ》うことなく東側の路地に入ってきた。

花びらにも、花びらの道があるのかもしれない。

ふと、そう思った次の瞬間《しゅんかん》、表通りからの風に吹《ふ》きもどされ、花びらはふわりとひさしの瓦《かわら》にとまった。古くなった瓦のさびたような肌《はだ》に、とらえられたままになった。

英治《えいじ》はがっかりした。花びらはあたりまえのように路地を通り、チョウのように表通りの上を飛んでいくものとばかり思っていたのだ。

物干《ものほ》し場《ば》をとりかこむ柵越《さくご》しに、英治はしばらくひさしを見下ろしていたが、ふと思いついて部屋へかけこみ、押《お》し入《い》れの襖《ふすま》を開けた。中央の棚《たな》の上には布団《ふとん》がつまっているが、下にはほうきやちりとり、はたきなど、掃除《そうじ》道具がしまってある。

英治はすぐさまはたきをにぎると物干し場に取ってかえし、父さんのズボンをはねのけた。柵の横木に足をかけ、手すりに腹《はら》をのせて、花びらに向かってはたきをつきだした。

花びらの救出《きゅうしゅつ》作戦だ！

届《とど》きそうで届かなかった。ひさしからはらい落とせないとしても、はたきの動きで小さな風を起こせるかもしれない。

えい、えい！　っと、心の中で叫《さけ》びながら、何度も腕《うで》をふりまわした。

こんなとき使うのは、きまって利《き》き手《て》の左手である。

そのころには、背後《はいご》から裕也《ゆうや》のいつもの声がきこえてきた。

「英《えい》兄ちゃん、ぼくも」

たったいま、おもちゃの自動車をゆずってやったばかりなのに。

英治《えいじ》はふっとため息をついて、横木から下りた。しかたなく抱《だ》きあげてやると、裕也は手すり越《ご》しにはじめて下を見た。

「花びらだ」

と、うれしそうに指をさした。

「英兄ちゃん、ぼくも」と、いったくせに、そのときまで英治がなにをしようとしているのかは知らなかったのだ。

英治は、うん、とうなずいて裕也を床《ゆか》に下ろし、はたきをにぎらせてやった。

これで満足するはずだ。

英治は和室にもどって、ふたたび押《お》し入《い》れをのぞいた。はたきはだめでも、ほうきならいいだろう。

ひさしから花びらをはたき落とそう。

そう思った瞬間《しゅんかん》、路地のほうから、ドスンと鈍《にぶ》い音が立ちのぼった。

なにげなくふりかえった物干《ものほ》し場《ば》に転がっていたのは、ブリキの自動車だ。春の陽《ひ》を受けて、車体の赤がみょうにあざやかだった。

チャラ・チャラ・チャラ……。

路地から、ききなれた鎖《くさり》の音が響《ひび》いてきた。

クロが歩いてくる……。

とつじょいやな予感におそわれた。

英治《えいじ》はあわてて物干し場へ走りでた。

裕也《ゆうや》の姿《すがた》がない。

すでに全身、総毛《そうけ》だっていた。

まさか!

手すりをつかみ、おそるおそる見下ろした路地に裕也はたおれていた。白い敷石《しきいし》の上に、うつぶせになって。

長さいっぱいに鎖をひっぱって、クロが動かぬ横顔をなめている。

裕也《ゆうや》は床《ゆか》と横木のすき間から身を乗りだし、花びらに向かってはたきをつきだしているうちに、上半身の重みでのめりこむように転落したのだ。

「わ―――！」

われ知らず、われるような大声が出た。

和室をふたつぬけ、階段《かいだん》をかけおり、廊下《ろうか》を走りながら叫《さけ》びつづけた。

「裕ちゃんが落ちたー！　落ちたー！」

茶の間にいた雪乃《ゆきの》おばさんにはっしと抱《だ》きとめられたあとも、英治《えいじ》は叫びつづけた。

弟を失って、はじめて声が出た。

すると、とまらなくなって、執拗《しつよう》にまくしたてた。

「ぼくのせいだ。まねしたんだ。花びらを落とそうとしたからだ」

泣きつかれ寝落《ねお》ちするまで、その日はおばさんがずっと英治を抱いていた。

母さんはとつぜんの悲劇《ひげき》に取りみだし、小さなきがらにすがりついて泣きじゃくるばかりだったから。もしかしたら、英治がはじめてしゃべったことにさえ、気づかなかったかもしれない。

「英ちゃんのせいじゃない。英ちゃんのせいじゃないよ」

自分の非《ひ》をまくしたてる英治《えいじ》に、おばさんは負けじとくりかえした。

うわさはすぐに商店街に広まった。心配してかけつけてくる親せきや近所の人びとの相手をするのに、父さんとおじさんは忙殺《ぼうさつ》された。いとこたち――おじさんの息子たち――と美子《よしこ》姉ちゃんは、しばらく近くの親せきの家にあずけられた。

葬式《そうしき》は二日後、近くの寺でそそくさとすませた。家庭内の死亡事故《しぼうじこ》だったし、英治をかばうためもあって、こぢんまりとかくれるようにとりおこなわれた。

葬式の日、英治が思いだせるかぎりはじめて、桐塚屋《きりづかや》は一日だけ店を閉《し》めた。

家族全員が出はらったうす暗い茶の間で、英治は咲《さき》ちゃんの膝《ひざ》に抱《だ》かれ、飴《あめ》をなめながらラジオをきいた。咲ちゃんもいっしょに飴をなめた。

みんながどこでなにをしているのか、はっきりとはわからなかった。が、なにをしているにせよ、自分のせいだ、ということだけはわかった。

ぼくのせいだ。

その言葉は、最初は事故を思いだすたびに頭の中でくりかえされたが、くりかえすたびに、言葉自体が息づいて心の底に住みついていった。

咲ちゃんは、大きな木製《もくせい》の箱型《はこがた》のラジオに向かって正座《せいざ》していた。その膝に座《すわ》る英治は、咲《さき》ちゃんがどんな顔をしているのか見えなかったが、小太りな娘《むすめ》の体温と甘《あま》ったるい飴《あめ》の香りに包まれていた。

リンゴーの花びらがー
かぜーに散ったよな……。

ラジオからは、何度もきいたことのある歌が流れていた。思わせぶりなくせのある歌い方を、だれもがまねて歌う歌だ。

ふと、ああ、ひさしにとまった花びらはリンゴの花びらだったのか、と思った。このあたりにリンゴの木などないことは知らなかった。

同じころ、トラもいなくなった。気がついたときには、すでに何日も姿《すがた》を見ていなかった。

「ミー助《すけ》、このごろ英《えい》ちゃんちに来る？」

ある日、かくれんぼの最中にカンちゃんがささやいた。

ふたりは神社の境内《けいだい》でツツジの木陰《こかげ》にしゃがみこんでいたが、鬼《おに》の声は遠く、ふたりを探《さが》しにくるのはまだ先だとわかった。

英治《えいじ》が頭をふって否定《ひてい》すると、カンちゃんはがっかり半分、納得《なっとく》した口調でいった。

「やっぱり死んじゃったんだ」

「えっ？」

思わず大きな声が出た。

カンちゃんは「しっ！」と、人さし指を立ててふりかえった。

最近、英治《えいじ》が急に言葉を発するようになったことが不思議だった。

「猫《ねこ》は死ぬ前に姿《すがた》を消すんだよ。ばあちゃんがいってた。だから、猫の死ぬところはだれも見たことがないんだ」

猫を家から出さずに飼《か》うなど考えられなかったころ、広く信じられていたことだ。

「そうなの？」

英治はあやふやにつぶやいた。

英治は裕也《ゆうや》の死に顔も、遺体《いたい》もちゃんと見ていなかった。大人たちが、見せないように申しあわせたからだ。でも、耳にはあの瞬間《しゅんかん》、路地から立ちのぼった鈍《にぶ》い音がはっきりと残っている。うつぶせになった小さな背中《せなか》と、動かぬ顔にうつむいていたクロの背中が目に焼きついている。

翌日《よくじつ》になって、物干《ものほ》し場《ば》の床《ゆか》からブリキの自動車を拾いあげた瞬間《しゅんかん》、はじめて思いだしたあざやかな赤。即座《そくざ》に英治《えいじ》は自動車を捨《す》てた。

一連のできごとは、出なかった言葉が出るほどの衝撃《しょうげき》だったが、それにも増《ま》してじわじわとしずかに迫《せま》ってくるのは、裕《ゆう》ちゃんはいない、という現実《げんじつ》だった。

ときにはうっとうしかった身近な存在《そんざい》が消えうせていた。鼻を寄《よ》せれば甘《あま》ずっぱいにおいを放ち、ふれれば熱っぽいむっちりした肉体がなかった。なにより、「英兄ちゃん、英兄ちゃん」と、追ってくる声がなかった。

それでも、ときおり小さい声で呼《よ》ばれたような気のすることがあった。急いでふりかえるが、庭の陽《ひ》だまりにも、表通りのにぎわいにも、廊下《ろうか》の暗がりにも裕也《ゆうや》の姿《すがた》はなかった。いない……。

しんとした気持ちで、そう思った。

ぼくのせいだ。

鬼《おに》の声はまだ遠い。身をかくししゃがみこんだ植え込《うこ》みには、湿《しめ》った黒土のにおいがたちこめている。それは名もなき微小《びしょう》なものたちの命を育む母体のにおいだったが、たったいまは、英治には不快《ふかい》なものにしか思えなかった。

英治はふと、ききかじった太一《たいち》おじさんの行方《ゆくえ》を思った。

うそだ、とわかっていて英治《えいじ》はいった。

「トラ……ミー助《すけ》はきっと、どこか遠くへ行ったんだよ。もっといいとこにさ」

袖《そで》をつかんでひきとめるカンちゃんをツツジの茂《しげ》みに残し、英治は立ちあがってゆっくりと鬼《おに》のほうへ歩いていった。


裕也《ゆうや》のお骨《こつ》が家にもどることはなかった。いつのまにか、仏壇《ぶつだん》の中に小さな位牌《いはい》が増《ふ》えているばかりだった。そもそもの最初から存在《そんざい》しなかったかのように、裕也のことにふれる者はもういなかった。

そのほうが、心の傷《きず》が小さくてすむ。苦しまずにすむ。

残された者は、だれしもそう信じるものだ。

ただ、一度だけ、母さんが英治を問いただしたことがあった。

「赤ちゃんなんだから。柵《さく》にのぼったりできないでしょ」

裕也は三歳《さんさい》だったが、活発な男の子だった。なのに、母さんの中では、かけがえのない末息子は、はいはいしていたころの赤《あか》ん坊《ぼう》にもどっていた。

「英ちゃんがつきおとしたわけじゃないわよね？」

しずかに責《せ》める口調だった。うらんでいる、とわかった。

英治《えいじ》は仰天《ぎょうてん》して目を見張《みは》った。

それから、あわてて頭をふった。何度も、何度も、言葉もなく。ついには目がまわるほどふりつづけた。

「やめなさい！」

叫《さけ》んで、ようやく母さんは英治の肩《かた》をつかんだ。

「わかったから」

「なにがわかったのさ？　なにがわかったのさ？」

今度は母さんが頭をふった。

第三章

菜の花畑に暮《く》らす

「ほんとうにトラックに乗せてくれるの？」

「ああ、もちろんだ」

信三《しんぞう》おじさんは、もちまえの陽気な声でうけあった。

「来るだろ？　最後は青森《あおもり》まで行くんだぞ」

青森という地名はきいたこともなかった。でも、すごく遠くだということは、おじさんの口調から容易《ようい》に想像《そうぞう》できた。

そんなに遠くまで、トラックに乗せてもらえるんだ。

そうわかっただけで英治《えいじ》は、「うん、行く」と、答えた。

裕也《ゆうや》が死んでから一か月後のことだった。


信三おじさんは母さんの弟である。五人きょうだいの末っ子で、唯一《ゆいいつ》まだ独身《どくしん》だった。

以前は実家の農業を手伝いながら、片手間《かたてま》にミツバチを飼《か》っていたが、数年前、中古のトラックを手に入れてからは、本格的《ほんかくてき》な養蜂家《ようほうか》を気どっている。近所の農家の三男坊《ぼう》、拓《たく》くんを助手にして、巣箱をトラックに積みこみ、春から秋まで花を追って旅をしていた。

不自由なことも多いだろうに、楽天的な性格《せいかく》にはそんな生活もかえって楽しいらしい。

はやく身をかためろ、とうるさい両親から解放《かいほう》される旅は自由気ままで、地元に落ちつく気などさらさらない様子だった。

チカクサク

信三《しんぞう》の実家には、毎年二月末になると和歌山《わかやま》の山崎《やまざき》さんから電報《でんぽう》が届《とど》いた。もうじき菜の花が咲《さ》きはじめる、という知らせである。

年によって時期は多少前後するが、いつ知らせが来てもすぐ発《た》てるように、信三は準備《じゅんび》をととのえ、いまかいまかと心待ちにしている。

いざ電報を手にすると、拓《たく》くんの家へあぜ道を走っていく。

「拓はいま、父ちゃんの用事で、親せきのとこへ行っとるがね」

母親が囲炉裏《いろり》から立ちあがってきて、こぶしで腰《こし》をたたきながらいった。

「今日、帰ってきますよね？　明日の朝、出発します。そう伝えてください」

「明日？　そんな急にいわれても」

「いや、毎度のことだから、拓くんもわかってますって。じゃあ、待ってますから。あ、おじさんもおばさんも、元気で」

「ちょっと、ちょっと、信《しん》ちゃん」

呼《よ》びとめる母親にうしろ手に手をふって、信三《しんぞう》はかけだした。

翌朝《よくあさ》まだ暗いうちに、拓《たく》くんは着がえをつめたリュックサックと寝袋《ねぶくろ》を背負《せお》ってやってきた。

信三はトラックのボンネットに座《すわ》って待ちかまえていた。

「よおっ！」と、手をあげると、拓くんはぺこりと頭を下げた。

ふたりはなれた身のこなしで、さっそくトラックに荷物を積みはじめた。ハチミツをしぼる遠心分離機《えんしんぶんりき》をはじめ、養蜂《ようほう》に使うさまざまな道具や簡単《かんたん》な寝具《しんぐ》、着がえ、鍋《なべ》や釜《かま》、当《とう》座《ざ》の食料などだ。

「さ、行くか。今回も、よろしくたのむ」

信三が拓くんに、いつになくあらたまったいい方をして頭を下げたのは、期待に気持ちが高ぶっているからだ。

「おれが運転しましょうか？」

拓くんが申しでるのを制《せい》して、信三は運転席に飛びのった。

「いや、いいよ。昨日はあんまり寝《ね》てないんだろう。寝ておけよ。着いたらすぐに作業がある」

トラックは二十キロほど南にある農家をめざした。冬のあいだ、ミツバチの巣箱をあずかってもらっているミカン農家だ。山が北風をふせぎ、三河湾《みかわわん》からはあたたかい海風がのぼってくる、越冬《えっとう》には最適《さいてき》な土地だった。

「そろそろ来るころかと思ってとったよ」

待ちうけていたように、おじさんがいった。

「今年はちょっと菜の花がおそかったらしいんです。明日、早朝には出発します」

信三《しんぞう》と拓《たく》くんはあいさつもそこそこに、ミカン畑へ走っていった。

木々《きぎ》のあいだに点々《てんてん》とおいた巣箱は、ぜんぶで百箱。去年の秋に設置《せっち》したそのままの場所に、そのままの姿《すがた》でじっと春を待っていた。

さっそく点検《てんけん》作業がはじまった。

おそるおそる最初のひと箱のふたを開け巣枠《すわく》を一枚《いちまい》取りだすと、拓くんがうれしそうに叫《さけ》んだ。

「女王バチ、いい具合に卵《たまご》、産んでますよ」

信三《しんぞう》も叫《さけ》びかえした。

「うん、こっちもだ。働きバチもじゅうぶんに増《ふ》えてる」

ふたりはひと箱、ひと箱、ミツバチの状態《じょうたい》を丹念《たんねん》にたしかめ、明日の移動《いどう》にそなえて水の補給《ほきゅう》をおこなった。

夜はトラックで仮眠《かみん》すると、翌日《よくじつ》、夜明け前には巣箱をトラックに積みこみ、和歌山《わかやま》に向けて出発した。

いざ出発すると、途中《とちゅう》で休むことなく、目的地まで一気にトラックを走らせる。ミツバチは熱に弱い。巣箱に閉《と》じこめられたままだと、むされた状態になり死んでしまうからだ。巣箱に風を送りこむためにも、走りつづけなければならない。

ときどき運転を交代しながら、国道を、田舎道《いなかみち》を、土ぼこりを上げひた走る。

午後になって、菜の花が咲《さ》きはじめた畑の中を走った。

「いつ見てもいいもんだな」

信三は運転しながら拓《たく》くんにちらりと目をやった。

「そうですね」

拓くんは答えてから背後《はいご》をふりかえり、巣箱のミツバチに向かって、「もうじき着くぞー」と、叫《さけ》んだ。

山崎《やまざき》さんの庭先にトラックを乗りいれると、ほっとした。低い山のすそ野に一面の菜の花を育てている農家である。ナタネ油をとるためだ。ミツバチは蜜《みつ》を集めるときに受粉《じゅふん》を助けるので、農家はハチ飼いを歓迎《かんげい》してくれた。

信三《しんぞう》は山すその林の中に、毎年巣箱をおかせてもらっていた。山崎さんの母屋《おもや》から歩いて数分の場所だ。菜の花畑を見下ろす風通しのいいこの雑木林《ぞうきばやし》が、養蜂場《ようほうじょう》となる。花が咲《さ》きおわるまでの仕事場となる。

「おじちゃーん」

トラックの音をききつけて、親子三代の大所帯から声を上げて最初に飛びだしてくるのは子どもたちだ。土産《みやげ》ひとつもってくるわけでもないのに、信ちゃんは子どもたちに人気があった。

「おお、元気だったか？　大きくなったな」

子どもたちの頭を乱暴《らんぼう》になでていると、ようやく大人たちが出てくる。老夫婦《ろうふうふ》とその息子夫婦だ。

「おひさしぶりです。みなさん、おかわりないですか？　おお、じいちゃん、去年より腰《こし》、伸《の》びてる。ばあちゃんは、また若返《わかがえ》った」

「信三《しんぞう》さんたら、あいかわらずやな」

おじさんがにやにやする横で、子どもたちがはやしたてた。

「信ちゃん、去年も同じこというてたで」

「おとしも同じこというてた」

「あれ、そうか？　そうだったかな。ま、そういうことで。今年もよろしくお願いします」

信三は拓《たく》くんと、そろって頭を下げた。

信三はいったん養蜂《ようほう》の旅に出ると、家にもどることはまずなかった。ミツバチをほうっておくことなどできないからだ。それが今日になってとつぜん、桐塚屋《きりづかや》にあらわれた。母さんがおどろいたのも無理はない。

「どうしたのよ、びっくりするじゃないの。いまは和歌山《わかやま》で菜の花じゃないの？　ハチはだいじょうぶなの？」

「ああ、一日二日なら、拓に見てもらえる」

それから、信三《しんぞう》は声をひそめた。

「裕《ゆう》ちゃんのこと、耳にしてさ」

母さんはこの一か月、ことさらいそがしく働きづめだった。少しでもあのおそろしいできごとを忘《わす》れていたいからだった。弟にもわざわざ自分から手紙を書くことはなかったが、どうやら親せきのだれかがついでにでもあったのか、裕也《ゆうや》の死を知らせたようだった。

「皮肉だな。それで英治《えいじ》、言葉が出たんだって？」

「ああ……」

母さんが言葉もなく肩《かた》を落としたすきに、信三は茶の間へ上がりこむと、「英ちゃん、英ちゃん！」と、声を張《は》りあげた。

英治が階段《かいだん》の上から顔を出すと、信三はてのひらで押《お》しとどめる身ぶりをして、自分が二階へかけあがった。

「思ったより元気そうだな」

「トラックで来たの？」

英治はもちろん、トラックを見せてほしいと思ったのだ。

「いい声、出てるじゃないか。よかったなぁ。

あ、いや、トラックは向こうにおいてある。今日は汽車だ」

それから信三《しんぞう》はいきなり、いっしょに和歌山《わかやま》へ来い、と英治《えいじ》を誘《さそ》ったのだ。前もって、姉夫婦《ふうふ》にうかがいを立てることさえなかった。

信三はあけっぴろげで野放図《のほうず》なたちだったから、ほかのだれもがつとめてさけて通る話題も、さらりと口にのぼせる。

「いっしょに来ればおもしろいぞ。裕《ゆう》ちゃんのことも忘《わす》れられる」

その言葉にあまり説得力《せっとくりょく》はなかったが、ついていきたいという思いが強くなったのもたしかだった。だいいちに、英治はおじさんが好きだった。

信三おじさんは、親せきの子どもたちにだれよりも人気があった。兵隊には取られずにすんだし、子どもっぽいところがぬけきらないのか、子どもと同じ目の高さで会話するようなところがあった。ほかの大人たちのように、子どもを子どもあつかいしなかった。だから、子どもはおじさんを大人あつかいする必要がなかった。それは周囲《しゅうい》の大人たちから白い目で見られる一因《いちいん》でもあった。

「信ちゃん、思いつきでそんな大事なこと、勝手に決めないでちょうだい。無理です。子どもを育てたこともないのに」

母さんはのっけから猛反対《もうはんたい》した。

父さんも眉《まゆ》をひそめた。

「英治《えいじ》の世話を、信三《しんぞう》くんに押《お》しつけるわけにはいかんよ。一日、二日のことじゃないんだしな。拓《たく》くんだって、いい顔はしないだろう」

「心配いりませんって。拓はいい意味でおおらか、悪い意味で鈍感《どんかん》だから、ぜんぜん気にしませんって」

母さんはさっそく旅先での生活の細部まで、いちいちあげつらった。文句《もんく》をいいだしたらとまらない。

「遊びに行くわけじゃあるまいし。足手まといになるわ。それに、とまる場所だって、ろくなもんじゃないんでしょう。倉庫なんかを借りるんじゃないの？　トラックに寝《ね》とまりすることだってあるって、前にいってたじゃない。

具合でも悪くなったら、どうする気？　診《み》てくれるお医者のあてはあるの？　ないでしょ。食事はどうなのよ？　ちゃんとしたもの、食べてないでしょ。子どもには無理、無理。だいいち、不潔《ふけつ》だわ」

「姉さん、だからこそいいんだよ。まかせとけって」

おじさんは気負いもなく、でも自信ありげにいった。

それから、あらためて英治《えいじ》に向きなおった。

「風呂《ふろ》には毎日入れると思うなよ」

そのひとことに英治はわくわくした。風呂がきらいなわけではない。冒険《ぼうけん》がはじまると思ったからだ。

「わかった。ぼく、行ってみる」

こうしてふたりは和歌山《わかやま》に向けて発《た》つことになった。

英治はおじさんと肩《かた》をならべて汽車に乗るのもうれしかったが、一日もはやくトラックで旅がしたい、と期待に胸《むね》をふくらませた。

ミツバチの世話をしながら留守番《るすばん》をしていた拓《たく》くんは、信三《しんぞう》が幼《おさな》い甥《おい》っ子《こ》を連れてもどったことにびっくりした。

「えっ、だいじょうぶなんですか?」

当然のことだったが、拓くんは男ふたりの気ままな生活をみだされたくなかった。

「母ちゃんに会いたくて、泣いたりするんだよな。トラックの中でおねしょとかされたら、めんどうですよ」

おじさんは、「ははは」と、笑った。

「だいじょうぶだよ、心配ない。ひょろひょろしてるけど、いまはこいつ、縦《たて》に伸《の》びる時期なんだ。もうじき、今度は横に伸びる。こう見えて、あんがい芯《しん》は強いんだ。おまえより強いかもしれないぜ」

「うそだろ。もう……」

やとわれている立場上、拓《たく》くんはそれ以上、口答えはしなかった。

一方、英治《えいじ》はなにも心配していなかった。期待感のほうがはるかに大きかったからだ。

英治の生活のすべては、桐塚屋《きりづかや》とその周辺のかぎられた場でなりたっていた。家族で旅行をしたこともない。そのことになんの不思議も、不満もなかった。それ以外の生活など、想像《そうぞう》できなかったし、望むべくもなかった。

それがトラックに乗って旅ができる。遠くへ行けるのだ。青森《あおもり》というところまで。

降《ふ》ってわいたような誘《さそ》いだった。こんなこと、夢《ゆめ》にさえ見たこともなかった。

山崎《やまざき》さんの家では、信三《しんぞう》がとつぜん英治を連れかえったのを見ても、だれひとり拓くんほどもおどろかなかった。

「信三さんにこんなかわいい甥《おい》っ子《こ》がおったやなんて、意外やわ」

「宗太《そうた》と同い年くらいやんか」

「おー、宗太、よかったやんけ。遊び相手ができたで」

口々《くちぐち》にそんなことをいって、歓迎《かんげい》してくれたのだ。

四人の子どもたちが、さっそく英治《えいじ》を取りかこみ、さらうようにそのまま母屋《おもや》へ連れていった。まもなく、支度《したく》ができると、夕食をいっしょにかこむことになった。貧《まず》しくても、そうでなくても、大家族はひとり増《ふ》えようが減《へ》ろうが、暮《く》らしぶりにかわりはない。それは桐塚屋《きりづかや》や親せきの家々《いえいえ》と同じだった。

英治は初対面の人びとに少々臆《しょうしょうおく》するところはあったし、自分から口をきくわけではなかったが、なにをいわれてもあいまいに「うん、うん」とうなずいているうちに、事はすんなりはこんでいった。英治はだれからも特別あつかいされることなく、落ちつくべきところに落ちついた。

信三《しんぞう》と拓《たく》くんは、母屋の裏手《うらて》にある納屋《なや》を借りて寝《ね》とまりしていた。大雨が降《ふ》って雨もりでもしないかぎり、そこそこ快適《かいてき》に暮らせた。

「ここが家なの？」

はじめて納屋《なや》に足をふみいれたとき、英治《えいじ》はけげんな顔でつぶやいた。

「ああ、山崎《やまざき》さんとこにいるあいだはな」

信三《しんぞう》おじさんはなに食わぬ顔で答える。

納屋の半分はすきやくわなどのさまざまな農具、かごやござ、ほうきや材木、ごみ同様のものに占領《せんりょう》されていた。残りの半分の、そのまた半分には、稲《いな》わらが積みあげてあった。すべてがくすんだ褐色《かっしょく》に見えた。

「どこで寝《ね》るの？」

「ここさ。ほら、ためしてみな」

おじさんはわらの山に毛布《もうふ》を敷《し》き、毛布の上からぽんぽんとたたいてわらを落ちつかせた。

おそるおそる横になってみる。

「英ちゃんちのせんべい布団《ぶとん》より、ずっと気持ちいいだろ」

そういわれれば、そうかもしれない、と思った。

それから、ふと納屋を満たしている嗅《か》ぎなれないにおいに気がついた。かすかに鼻をうごめかせたのを見のがさず、おじさんはわらを一本つまみ、鼻先にもっていって、「これだろ」と、いった。

「お日さまを吸《す》いこんでるから、こういうにおいがするんだ」

お日さまのにおい、という言葉は何度もきいたことがある。母さんが干《ほ》した布団《ふとん》を取りこむときの決まり文句《もんく》だ。でも、英治《えいじ》には干した布団とわらの山から、お日さまのにおいだけを嗅《か》ぎわけることはできなかった。

「ごはんは？　ごはんもここで食べるの？」

「そうだよ。あれがちゃぶ台」

おじさんが指さしたのは、ミカンかリンゴの空箱だろうか。

「飯は練炭《れんたん》でたく。野菜や漬《つ》けものは山崎《やまざき》のおばさんが、しょっちゅう差し入れしてくれるんだ。あとはなんとでもなる。おもしろいだろう？」

「うん」

英治は素直《すなお》にうなずいた。うそいつわりなくおもしろそうだと思ったのは、これまでの生活や常識《じょうしき》とはすべてがかけはなれていたからだ。

「あ、ときどきは夕方から近くの町へくりだすんだぜ」

「トラックで？」

「もちろんさ。食料や酒を買いだしに行くんだ。ついでに食堂《しょくどう》で、ラーメンや丼《どんぶり》を食べてくる。うまいぞ。英《えい》ちゃんは何丼《どん》がいい？」

「んん……」

「じゃあ、まずは親子丼《おやこどん》だな。知ってるだろ？　鶏《にわとり》が親で、卵《たまご》が子どもだ」

英治《えいじ》はあいまいに首をかしげたが、同時にはやくトラックに乗って食堂へ行ってみたい、と思った。

それから三日もすると、はやくも願いはかなった。おじさんと拓《たく》くんにはさまれトラックにゆられ、最寄《もよ》りの町へ向かったのだ。

ふたりが行きつけという食堂はさびれた小さな店だったが、そんなことには気づきもしない。英治はいさんで親子丼を注文した。大衆《たいしゅう》向けの濃《こ》い味つけだった。こんなにおいしいものは食べたことがない気がした。

菜の花は英治だって見たことがある。しかし、山崎《やまざき》さんの畑に案内され、一面の菜の花の中に身をおくと、全身を花の黄色に染《そ》めあげられるような気がした。こんな気持ちになったのは、もちろんはじめてだ。

ブンブン、羽音を立て、ミツバチが飛びまわっている。花の上をせわしなく動きまわっている。

「あれも、これも、あ、これも、おじさんのハチだね？」

「ああ、そうだ。働き者だろ？　この広い畑全部から蜜《みつ》を集めてくるんだぞ。人間にはできない仕事さ」

「何匹《なんびき》いるの？」

「さあ、二百万くらいかな。もっと増《ふ》えてるかもしれん」

「増えてる？」

「どの巣箱にも女王バチが一匹《いっぴき》いる。女王バチは毎日、卵《たまご》を産みつづけるんだ。働きバチの寿命《じゅみょう》は短いから、死ぬハチもいっぱいいるけど、いまは生まれる数のほうが多いんだよ」

「ふうん」

おじさんの言葉の意味も、まして二百万という数も、漠然《ばくぜん》としかわからなかった。この広い畑を飛びまわっている無数のハチが、夜になるとみんな巣箱におさまるなんて信じられなかった。

「ハチをおどかすようなことはするなよ。さされたくなかったら、巣箱のそばではしずかにしてるんだぞ」

「しずかにしてたら、ぜったいにさされない？」

そうきいたときには、信三《しんぞう》おじさんはすでに背中《せなか》を向けていた。

「ぜったいってわけじゃないけどな」

かわりに拓《たく》くんが答えた。

おじさんならきっと、「ああ、ぜったいだ」と、うけあってくれただろうに。だが、いずれにしろ、雑木林《ぞうきばやし》にしつらえた養蜂場《ようほうじょう》では、ひとりではしゃいだり走りまわったりする理由はなかった。

英治《えいじ》は、午後はたいてい山崎《やまざき》さんの子どもと遊んだが、午前中は養蜂場の雑木林で過《す》ごした。

信三おじさんと拓くんはハチよけのネットをかぶり、長靴《ながぐつ》にゴム手袋《てぶくろ》という出《い》で立《た》ちで、ミツバチや幼虫《ようちゅう》が病気になっていないか、女王バチが順調に産卵《さんらん》して卵《たまご》が増《ふ》えているか、ハチミツのできはどうか等々《とうとう》、巣箱ごとに入念に調べてまわる。

英治もネットをかぶせてもらうと、じゃまにならぬ距離《きょり》をとってふたりについてまわり、作業する手もとを飽《あ》きることなく見つめた。ふたりの動作や息のつき方からも、巣箱を開け、巣枠《すわく》を取りだす手つきひとつにもコツがいるのが見てとれた。巣枠やミツバチを観察するときの的確《てきかく》なするどい視線《しせん》に、つい心ひかれた。大きくなったら、ぼくもハチ飼《か》いになろうかな、とあこがれることさえあった。

また、ミツバチそのものも、いくら見つめても飽きることがなかった。小さな頭と胸《むね》をおおう無数の産毛《うぶげ》は、ふれたらどんな感触《かんしょく》だろうと思うと、指を伸《の》ばしたい誘惑《ゆうわく》にかられた。腹部《ふくぶ》のしまの数を数えてみたり、複眼《ふくがん》の形がまん丸でないのが不思議だったり、葉脈《ようみゃく》のような構造《こうぞう》がすけている羽がまるでつくりもののように思えたり……。

英治《えいじ》は足手まといになる子どもではなかったので、おじさんも拓《たく》くんも心おきなく作業ができたが、ときどきは自分たちから英治の気をひいて、ミツバチの生態《せいたい》や作業の説明をしてやった。かんたんな手伝いをさせてやることもあった。

英治は燻煙器《くんえんき》がなにより気に入っていた。巣箱を開けて作業をするとき、ミツバチをおとなしくさせるために、わらをいぶした煙《けむり》を吹《ふ》きかけるための道具だ。仕事中はさわらせてもらえなかったが、雑木林《ぞうきばやし》や草はらで気《き》の毒《どく》な獲物《えもの》を探《さが》しあるき、アリやチョウを見つけては小さなふいごをあやつって煙を吹きかけてまわるのがおもしろかった。

しかし、中には手痛《ていた》い失敗もあった。

ある日のことだ。

「ちょっと休憩《きゅうけい》するか」

おじさんがいって、草の上に腰《こし》を下ろした。

「せんべいでも食うか？」

英治《えいじ》はよろこんで顔をおおっているネットを帽子《ぼうし》の上にはねあげたが、そのとたん、まるで狙《ねら》っていたかのように、一匹《いっぴき》のミツバチが鼻をかすめつっこんできた。

「わっ！」

さわいではいけない。頭ではわかっている。

が、一瞬《いっしゅん》、ブン！　と耳をうった羽音にも、いまは首をはう足の綿毛《わたげ》のような感触《かんしょく》にも、冷静ではいられなかった。拓《たく》くんが制《せい》する間もなく、英治はハチをふりはらった。

「あーあ！」

拓くんがため息をつくのと、英治が叫《さけ》び声を上げるのと同時だった。

「なんだ、やられたのか」

信三《しんぞう》おじさんはにくたらしいほど落ちついて、おもむろに立ちあがった。

「やつらは針《はり》を残していくからな。ほら、見せてみろ。ぬいてやるから」

おじさんは泣きさけぶ英治《えいじ》の首から、少々《しょうしょう》苦労して針をつまみとった。それから、さされたところを指と指で押《お》しつぶすようにして、毒《どく》をしぼりだした。

「痛《いた》い、痛い」

英治はさらに泣き声を上げた。

毒針《どくばり》より、おじさんの荒療治《あらりょうじ》のほうがずっと痛かった。

「さ、もうだいじょうぶだ。あとは小便をつけときゃ、すぐ治る」

英治はふるえあがった。

「薬は？　薬はないの？」

「もってるか？」

おじさんがふりむいてたずねると、拓《たく》くんは肩《かた》をすくめた。

「納屋《なや》にあったかな？」

ふたりとも、わざわざ納屋まで往復《おうふく》して塗《ぬ》り薬《ぐすり》を取ってくる気はないらしい。

「というわけだから、ほら、小便してみな」

「いやだ。薬のほうがいい」

英治《えいじ》はめずらしく強情《ごうじょう》にいいはったが、おじさんもあとへひかない。

「だから、小便も効《き》くんだってば。アンモニアなんだから」

しかたなく、拓《たく》くんに背《せ》を向けて立ったが、オシッコは出そうとすると出なかった。

英治は途方《とほう》に暮《く》れ、ネコヤナギの根方に足を広げて立ちつくした。そのうち、ようやくチョロチョロとたれ落ちたしずくを、おじさんはすかさず指先で受けると、ぷくっとはれた傷口《きずぐち》に塗《ぬ》りつけた。

ハチの毒《どく》よりずっと汚《きたな》いだろう、と思った。

しつこいかゆみは一週間以上残ったが、痛《いた》みはすぐに消えた。

「ほら、見ろ」

おじさんは得意気《とくいげ》だったが、オシッコなんて塗らなくても治ったのかもしれないし、じつは塗らないほうがもっとはやく治ったのかもしれなかった。

「このことは母ちゃんにはないしょだぞ」

そういうおじさんに、英治は深くうなずいた。

ハチにさされたことなどきいたら、母さんは、それ見たことか、とおじさんの監督不行《かんとくふゆ》き届《とど》きを責《せ》めることになるだろう。ましてや、どんな処置《しょち》をされたか知ったら、激怒《げきど》するにちがいない。
母さんにはわからない。これも冒険《ぼうけん》の一部なのだ。おじさんを矢面《やおもて》に立たせるわけにはいかない。

山崎《やまざき》さん夫婦《ふうふ》には四人の子どもがいた。中学生の女の子と、小学生の男の子がふたり。そして、宗太《そうた》という末っ子が英治《えいじ》と同い年だった。年上の三人は、日曜日以外は学校へ行ってしまうし、両親は畑仕事でいそがしい。近所の農家に同じような年ごろの子どもはいるが、ひとり歩いていくには遠すぎたので、日中は祖父母《そふぼ》と過《す》ごすか、ひとり遊びをするのが宗太の日常《にちじょう》だった。

そんな宗太にとって、英治は願ってもない遊び相手になった。英治にしても、一日中、養蜂場《ようほうじょう》で過ごすのはさすがに退屈《たいくつ》してしまうので、宗太と遊ぶのはおもしろかった。

代々庄屋《だいだいしょうや》だった山崎さんの家は、大きくて時代がかっていてものめずらしかった。ふたりは黒光りする太い柱をよじのぼったり、台所の土間では百年もおきっぱなしの茶だんすや甕《かめ》のかげでかくれんぼをしたり、広座敷《ひろざしき》をわけもなくかけまわったりした。

うす暗い蔵《くら》や納戸《なんど》は、ひとりではのぞくのもおそろしかったが、ふたりいっしょならちょろっと入っていくことができた。すぐに走りでてはくるのだが。でも、それをくりかえすうちに、じょじょに大胆《だいたん》になって、内部を探険《たんけん》できるようになった。

するとと、ひそやかに、でものんびりと暮《く》らしてきた小さな妖怪《ようかい》たちが、ものかげの暗がりをこそこそ逃《に》げまわる気配がした。

「英《えい》ちゃん、見た？　あそこ！　あの箱の裏《うら》。小さいのが二匹《にひき》、走ってったで」

そういわれれば、英治《えいじ》もたしかに見た気になった。

「うん、走ってった。ぼくはこっちから行くから、宗《そう》ちゃんは向こうから来て」

「わかった。あっ、そこのすき間から逃げてまうわ」

妖怪たちをつかまえようと、ふたりは夢中《むちゅう》になった。夢中になることに夢中になって、目的ははたせなくてもおおいに満足するのだった。

また、庭に出れば、低い山を背負《せお》った農家の周囲《しゅうい》には、手を伸《の》ばせば遊び相手になってくれる木々《きぎ》や草があり、小川が流れ、大小さまざまな生きものがいた。

小川はもとは用水路としてつくられたものだったが、長年にわたって雑草《ざっそう》が根を張《は》りめぐらし、土手の縁《ふち》から水の上にも張りだして土のように頑丈《がんじょう》になった場所もある。そこをふみ台にして小川を飛びこえるのがおもしろかった。

また、メダカを追ったり、ザリガニをつかまえようと幼《おさな》いなりに奮闘《ふんとう》した。

「なんや一匹《いっぴき》もとれてへんやんか」

下校してきたお兄ちゃんたちが遊びに加わると、宗太《そうた》と英治《えいじ》はよくて観客、ともすると下働きに追いやられた。

「えさは煮干《にぼ》しかいな」

「おばあちゃんがこれでええって」

「ふん。おまえら、ミミズ集めてきいや」

少し土を掘《ほ》ればミミズはいくらでも見つかった。小枝《こえだ》ですくいあげ、おばあちゃんにもらってきたあきビンに入れてさしだすと、お兄ちゃんたちはためらいもなくミミズを束にして糸でからめ、器用に団子《だんご》にする。

それを目の前にぶらさげて、すぐ上のお兄ちゃんがいった。

「ほれ、うまそやろ？　ザリガニが食うんよ。おれたちだって食えるで。今度、英ちゃんのみそ汁《しる》に入れちゃる」

それからしばらくのあいだ、英治はみそ汁を飲む気になれなかった。お椀《わん》から立ちのぼる湯気は、ミミズのにおいがした。ミミズのにおいをあえて嗅《か》いだことはないのに、ミミズのにおいがした。

あるとき、山崎《やまざき》のおじさんが木の枝《えだ》から太いロープをたらしてくれた。たった一本のロープだったが、宗太《そうた》と英治《えいじ》はこのロープでいくらでも遊べた。どちらが長くぶらさがっていられるか競争したり、ロープをたぐって枝までのぼりつこうとして時間のたつのを忘《わす》れた。ぶらさがって振《ふ》り子《こ》のように高く、高く、もっと高く、とゆれると世界が広がったように感じられた。

当初、信三《しんぞう》おじさんがいったとおり、裕也《ゆうや》の死にわずらわされることは、まったくといっていいほどなかった。

第四章　おじさんの隠《かく》しごと

ある日の夕暮《ゆうぐ》れどき、信三《しんぞう》おじさん、拓《たく》くんとまた町へ出た。

田舎《いなか》のガタガタ道を二十分ほどのドライブだが、トラックに乗れるだけで英治《えいじ》はいつも有頂天《うちょうてん》になった。行きつけの食堂《しょくどう》では、顔見知りになった店のおばちゃんが食後にアイスクリームを出してくれるのもうれしかった。

しかし、その日にかぎって、英治はいつもほど元気がなかった。体の芯《しん》からじわじわと熱が上がってくるところだった。日が落ちるのも惜《お》しんで宗太《そうた》と小川の縁《ふち》で遊ぶうち、うっかり水に落ちたせいで風邪《かぜ》をひきかけていたのだが、子どもにそんなことはわからない。

せっかく町へ行ける機会を逃《のが》すわけにはいかない。「わーい！」と、無理にも歓声《かんせい》をあげて助手席にはいあがったが、町へ着くころには元気を演《えん》じる気力はうせていた。

「今日は天丼《てんどん》にしてみるか？」

英治の不調にうすうす気づいたおじさんが、顔をのぞきこんだ。

「いつものでいい」

ぼそりと答えたまま、英治はくにゃりとテーブルにほほをつけた。

「どうした？」

おじさんがきくよりはやく、拓《たく》くんが額《ひたい》に手をあてた。

「熱、ありますよ」

相手かまわず、思わず責《せ》めるような口調だった。

「風邪《かぜ》、ひいたんだろう」

おじさんはいって、ため息をついた。

英治《えいじ》はせっかくの親子丼《おやこどん》にまったく手をつけなかった。アイスクリームだけは、のろのろとなめた。とろりと流れくだる冷たい甘《あま》みが、熱いのどに気持ちよかった。

会話のない食事が終わると、拓くんがおずおずとたずねた。

「ひとっ走り行って、春江《はるえ》さんに伝えてきましょうか？　今日はやめとくって」

おじさんは一瞬《いっしゅん》考えてから、「いや、いい」と、答えた。

「どっちにしろ、今夜は連れてかえってもらうつもりだった。山崎《やまざき》のばあちゃんがめんどう見てくれるだろう。たのむよ。悪いな」

英治はテーブルにつっぷしていたが、頭越《あたまご》しにかわされるふたりの会話から、事情《じじょう》はなんとなくわかった。

「いやだ！　帰らない。おじさんといる」

とつぜん、顔を上げて叫《さけ》んだ。

ふたりはおどろいたようだった。

「用事があるんだよ」

と、おじさんはめずらしく口ごもった。

「用事ってなにさ?」

「人に会うんだ」

「人って?」

おじさんが答える前に、拓《たく》くんはガタン、と席を立った。

「じゃあ、おれ、帰ります。明日の朝、むかえに来ますから」

おじさんはきっと、しかたなく拓くんに手をふったか、うなずいたかしたのだろう。トラックのキーをわたしたのはたしかだ。

だが、英治《えいじ》はふたたびテーブルにつっぷしていた。

その場のことも、その後のことも、覚えていない。

翌朝《よくあさ》、目が覚めてからも、しばらくはじっと掛《か》け布団《ぶとん》に顔をうずめていた。

そのうち、ぼんやりと昨夜の記憶《きおく》をたどりはじめた。

おじさんと拓《たく》くんと、いつもの食堂《しょくどう》にいたことは覚えている。すごく気持ちが悪かったこと、風邪《かぜ》をひいたのだろうといわれたこと、それから……なにか、なぜか、気まずい空気が流れた瞬間《しゅんかん》を思いだした。

すると、たったいま、自分を取りまいている空気や布団《ふとん》が嗅《か》ぎなれないものであることに気がついた。ここは桐塚屋《きりづかや》の二階でもなければ、山崎《やまざき》さんの納屋《なや》でもない。

どこだろう?

英治《えいじ》は布団の上に、そっと起きあがった。

英治が寝《ね》ている小さな和室につづいて、台所があった。和室の暗がりから見える台所は、いかにも朝らしく明るかった。おじさんがなにか食べている。流しで洗《あら》いものをしている女の人の背中《せなか》も見えた。

とっさに、見てはいけないものを見た、とわかった。

そういえば、おじさんが昨夜、かなり強引に自分を帰らせようとしたのを思いだした。

きっと拓くんと帰るべきだったのだ。

どうしたらいいのか、わからなかった。

寝《ね》たふりをしていたほうがいいのだろうか？

いつまで？

迷《まよ》っているうちに、おじさんが気がついて、箸《はし》をおき立ちあがった。

「おっ、目、覚めたか？」

いいながら布団《ふとん》のところへやってくると、小さな額《ひたい》に手をあてた。

「よかった。下がったな」

それから、うれしそうな声を上げて、女の人に報告《ほうこく》した。

「熱、下がってるぞ」

「ほんと？　まあ、よかったわ」

そう答えてから、女の人はエプロンで手をふきながら歩いてきた。

その様子から、ふたりして英治《えいじ》を介抱《かいほう》したのがわかった。

「なにか食べたほうがいいわ。あったかくして、こっちにいらっしゃい」

女の人はピンクのカーディガンをぬいで、英治の肩《かた》にはおらせた。それから、ちゃぶ台の前に座《すわ》らせ、食事の用意をはじめた。

英治はそのうしろ姿《すがた》を呆然《ぼうぜん》とながめたが、その後はじっと視線《しせん》を落としていた。おじさんの顔は見られなかった。まるで自分がいけないことをしているかのように。

「なんだ、なんだ、その顔は」

おじさんがちゃぶ台をはさんであぐらをかき、いつもの元気な声でいった。

「ま、英《えい》ちゃんの気持ちも、わからんではないわな。ここはどこだ？　あの女はだれだ？」

女の人が、くすっと笑って、背中《せなか》でいった。

「そんないい方、しなくてもいいでしょうに」

「いや、英治《えいじ》とおれは男どうし。隠《かく》しだてはしないんだ。な？」

英治はちらりとおじさんを見上げたが、すぐに目をそらした。すっかり困惑《こんわく》してだまりこんでいた。

「この人は春江《はるえ》さん。ここは春ちゃんの店の二階だ。どうだ、すっきりしたか？　ま、するはずないわな」

おじさんは自分でいって、さもおかしそうに声を上げて笑った。

英治はあいかわらずだんまりを決めこんでいたが、「隠しだてはしない」というひとことに、少しだけほっとした。でも、いまではない。おじさんとふたりきりのときに、なにかわかるかもしれない。

でも……と、また思った。

隠《かく》しだてはしないということは、かくしていることがある、ということだ。かくさなければならないことがある、という意味でもある。開けっぴろげな性格《せいかく》のおじさんにさえ。

複雑《ふくざつ》な思いに心がふるえた。

春江《はるえ》さんが出してくれた朝食に、英治《えいじ》は目を見張《みは》った。トーストの上にハムやオムレツが重なっていたのだ。卵《たまご》の上にはケチャップでウサギの絵まで描《か》いてあった。

桐塚屋《きりづかや》では食事にパンが出ることはなかった。ましてこんなふうに料理したおしゃれなパンは。

「外国の朝ごはんみたいだな。うまそうだな」

春江さんがおじさんのごはんとは別に、英治のためにつくってくれたのだ、とわかった。

「こんなに食べられない」

はじめて英治は口を開いた。

「いいよ、食いたいだけ食えば。残りはおれが片《かた》づけてやる」

結局は、「うまい、うまい」と、おじさんがほとんど食べることになった。

ものめずらしかったしおいしかったが、食欲《しょくよく》はなかった。名づけようのないもので、胸《むね》がいっぱいだったからだ。

その後、拓《たく》くんと待ちあわせをしたのは、町はずれの草はらだった。町はずれといっても、春江《はるえ》さんの店から五分もかからなかった。

おじさんと、いつもよりほんの少し距離《きょり》をとって歩く早朝の道に人影《ひとかげ》はない。ただでさえさびれた商店街は、音を欠いた白い朝日に包まれていた。

「おれたちのほうがはやかったな」

あたりを見まわすまでもなく、おじさんはつぶやいた。

「寒くないか？　熱が下がってほんとうによかったよ。今日は医者に連れていかなきゃいけないかと思った。しばらくはおとなしくしてろよ」

英治《えいじ》はあいまいにうなずいてから、急いで「ごめんなさい」と、いった。

「あやまることはないさ」

そうじゃないよ。あやまったのは、熱を出したことじゃない。

英治はついさっき、せまい階段《かいだん》を下りた先に見えた、春江さんの店を思いだしていた。暗がりの中にお酒のびんがたくさんならんでいた。

「あの人と結婚《けっこん》するの？」

どうしてだろう？

言葉が口をついて出た。

一瞬《いっしゅん》、間があった。

「いや」と、おじさんは答えた。

「そういうわけにいかないんだ。あれには亭主《ていしゅ》がいる」

英治《えいじ》は無遠慮《ぶえんりょ》に、というよりも、バカみたいに、ぽかんとおじさんを見つめた。

「はぁ？　そんな目で見るなよ。

なぁ、英治、もうおまえもよくわかってるはずだ。世の中、思うようにいかないことが、たくさんある。こんなはずじゃなかった、と思うことがあるんだ。な」

おじさんはポケットからつぶれた紙箱を取りだし、煙草《たばこ》に火をつけた。おじさんが煙草を吸《す》うのをはじめて見た。

「男どうし、隠《かく》しだてはしないんだね？」

おじさんは煙《けむり》にむせて、せきこみながら笑った。

「そうそう、それだ」

母さんがいったんだ……。

頭の中に、言葉がのぼってきた。

なぜか、いま、素直《すなお》に言葉にできる気がした。おじさんになら話せる気がした。話したら、少しは気が楽になるかもしれない。大人であるおじさんと、男どうし秘密《ひみつ》をわかちあえば、少し大人に近づける予感がした。

自由奔放《ほんぽう》におおらかに生きている、と信じていたおじさんにも悩《なや》みがある。苦しんでいる。人にかくしておきたいことがある。母さんや親せきのだれにも、きっと話していないことだ。なりゆきで、とはいえ、英治《えいじ》にだけ打ちあけてくれたのだ。

うん、たったいまなら、おじさんになら、話すことができる。

きいてほしい、と強く思った。

「母さんがいったんだ。英ちゃんがつきおとしたわけじゃないわよね、って」

「えっ？」

痛《いた》いほどの沈黙《ちんもく》が、何秒もつづいた気がした。

「裕也《ゆうや》のことか？」

「うん」

「あいつ、まさか……そんなこといったのか」

「母さんの言葉を思いだすと、ときどきわからなくなるんだ。もしかしたら……ぼく、ほんとうに裕《ゆう》ちゃんの背中《せなか》を押《お》したのかなって。ちょんって、押したような気がしてくるんだ」

英治《えいじ》がつきだして見せたのは、左手だった。

おじさんはいきなり煙草《たばこ》を足もとに投げすて、靴《くつ》の先でぐりぐりと砂《すな》にめりこませた。

「そんなことはない。ぜったいにないぞ。母ちゃんはすごく悲しくて、ついそんなことをいっちゃっただけだ。人間ってな、しょっちゅうそういうバカなことをいうんだ。

英治、いいか。おまえもそんなこと、もう二度というんじゃない」

おじさんは怒《おこ》っていた。

「あのな、言葉ってやつはまったくやっかいなものなんだ。ときどき魔物《まもの》になる。何度もくりかえすうちに、うそもほんとうになったりする。だから、もう二度とそんなこといっちゃだめだ。考えちゃだめだ」

おじさんの口調のはげしさに、英治はおそれをなした。こんなにこわい顔のおじさんは、見たことがない。英治はわけもわからず、くりかえしうなずいた。

「それからな、いちばん大事なことだぞ、英治《えいじ》。自分をゆるしてやれ。悪いこともしていないのに、自分を責《せ》めるんじゃない」

それから、しばらくおじさんは口をつぐんでいたが、じょじょにおだやかな表情《ひょうじょう》を取りもどすといった。

「母ちゃんもきっと、そんなことをいって悔《く》やんでいる。だからって、素直《すなお》にあやまれやしないんだ。人間なんて、そんなものなんだ。な、母ちゃんのことも、ゆるしてやるんだぞ」

ふっとため息をついてから、おじさんはひょいと片方《かたほう》の肩《かた》を上げた。

「あいつ、きついんだよな、性格《せいかく》が。やさしいおれとちがってな。だから、ほら、その血をついで美子《よしこ》がきついだろう？」

「姉ちゃんは、ぼくに怒《おこ》ってばかりいるよ」

おじさんはよくわかっている。話してよかった、と心から思えた。

その後、この朝のことを思いだすたびに、おじさんの言葉はしずかにゆっくりと胸《むね》にしみわたり、太くしなやかに根を張《は》っていった。

「そろそろですかね。だいぶたまってますよ」

ある日、巣箱の点検《てんけん》をしながら、信三《しんぞう》おじさんをふりかえった拓《たく》くんの目は笑っていた。

「うん。明日から採蜜するか」

ハチ飼《か》いにとって、日ごろの苦労がむくわれるうれしい作業だ。

「たまったハチミツをしぼるんだよ」

採蜜《さいみつ》という言葉を、おじさんは英治《えいじ》にわかりやすく説明した。

「しぼりたては最高にうまいぞ」

「あとで山崎《やまざき》さんに、助《すけ》っ人《と》を集めるようにたのんできます」

と、拓くんがいった。

採蜜は大仕事なので、毎年、近所の人たちにも手伝いをたのむ。甘《あま》いものはごちそうなので、しぼりたてのハチミツをわけてもらえるとあって、みんな大《おお》よろこびで集まった。

ハチミツは、花の種類によって味がちがうという。雑木林《ぞうきばやし》から見下ろす山崎さんの菜の花畑は、吹《ふ》きわたる風にさわさわとさざ波を立て、黄色い海のようにどこまでも広がっている。

この菜の花の海から、どんな味のハチミツが採《と》れるのだろう？　どうやって蜜をしぼるんだろう？

英治《えいじ》は期待にわくわくした。

働きバチが日々《ひび》集めてくる花の蜜《みつ》は、巣枠《すわく》にびっしりつくった六角形の小部屋にたくわえられる。それをハチたちは羽であおぎ、四、五日かけて糖度《とうど》を高めてハチミツにすると蜜蝋《みつろう》で封《ふう》をする。たくさんの巣房《すぼう》が蜜蝋におおわれていれば、その中にはハチミツがたっぷりたくわえられている証拠《しょうこ》だ。

翌朝《よくあさ》、手伝いの人たちが集まるよりはやく作業ははじまった。信三《しんぞう》おじさんと拓《たく》くんは巣箱を開け、燻煙器《くんえんき》の煙《けむり》でハチをなだめながら巣枠を取りだした。巣枠に残っているハチは、大きいブラシでやさしくはらい落とす。ナイフで蜜蝋のふたを切りおとしてから、遠《えん》心分離機《しんぶんりき》に巣枠をセットする。遠心分離機は小ぶりのドラム缶《かん》みたいだった。

「英ちゃんも、いっしょにやってみるか？」

おじさんに手を添《そ》えてもらい、英治はハンドルを力いっぱいまわした。

分離機は回転しながら左右にも大きくゆれて、われるような音を立てた。

「ちょっとガタがきてやしませんか？」

拓くんはいったが、おじさんは笑いとばした。

「動いてるからいいじゃないか」

ガタガタ、ガタガタ……。

英治《えいじ》には、分離機《ぶんりき》が腹《はら》を抱《かか》えて笑っているようにきこえた。

ひとつの巣箱には巣枠《すわく》が九枚《きゅうまい》入っている。同じ巣箱の巣枠から、こうやってすべてハチミツをしぼった。

「どれ、味を見てみるか？」

おじさんが分離機の下のほうにあるコックを開くと、黄金色の液体《えきたい》がとろりと流れおちる。それを拓《たく》くんがバケツに受けとめる。

「なめてみな」

拓くんのおゆるしが出て、ようやく英治はコックの口からハチミツを指でぬぐい口にふくんだ。

ひとなめでこの上もなく幸せになる、こくのある甘《あま》さだった。

「うまいだろう？」

英治は唇《くちびる》をなめながらうなずいた。

至福《しふく》のこの甘さは、短期間でも蜜源《みつげん》の菜の花にかこまれ、ミツバチと暮《く》らした者だけが味わえるものだ。言葉にはできなかったが、英治《えいじ》はそれをしかと感じた。

「宗《そう》ちゃんを呼《よ》んでくる」

英治は母屋《おもや》をめざしてかけだした。

宗太《そうた》も同じ甘《あま》さがわかるはずだ。家族が栽培《さいばい》している菜の花から、こんなにおいしいハチミツができるのだ。ほこらしいにちがいない。


「最後は青森《あおもり》まで行くんだぞ」

おじさんのこの言葉に飛びついて和歌山《わかやま》へついてきた英治だったが、トラックで旅をするのは結局、夢《ゆめ》で終わった。母さんが、はるばるむかえに来たからだ。

「もうじゅうぶんでしょう」

母さんはおじさん、ついで英治に目をすえていった。

よそ行きの着物を着て、山崎《やまざき》さんへの土産《みやげ》を手にとつぜん母さんがあらわれたとき、英治はなぜかおどろかなかった。いつかはこんな日が来るだろう、とうすうすわかっていた。

「お手数かけました。ほんとうにお世話になって。ありがとうございます」

母さんは山崎さん一家にくりかえし頭を下げた。

「いや、いや、なんもしてへんで。ものわかったええ子やよ」

と、おばあちゃんはいった。

「宗太《そうた》と同い年やから、よく遊んでもろてね。宗太が大《おお》よろこびやったんです。こちらこそ、おおきにね」

そういったのはおばさんだ。

「いえ、いえ、こちらこそ」

どうして大人はこうしてお礼ばかりいいあうのだろう。

こんな場面でいつもあきれることだ。このやりとりは、せっかくの貴重《きちょう》な体験をうすめてしまうような気がした。

一方で、母さんは英治《えいじ》の荷物をまとめに納屋《なや》に足をふみいれると、ぐるりを見まわし声をひそめた。

「信《しん》ちゃんたら、もう、こんなところで子どもを生活させるなんて」

いかにも非難《ひなん》がましい口調だったが、おじさんはにやにやするばかりで、あやまりもしなければ言《い》い訳《わけ》もしなかった。

「すごくおもしろかったよ」

おじさんをかばうつもりもあって、英治《えいじ》はすかさずいったが、その言葉にうそはなかった。

いや、うそどころか、ほんとうにおもしろかった。楽しかった。これまでの人生でいちばん。

「秘密《ひみつ》もできたしな」

おじさんは意味ありげにささやいた。

「秘密ってなによ?」

母さんはさっそく探《さぐ》りを入れてきたが、おじさんはつっぱねた。

「秘密なんだから、秘密だ。英ちゃんにしゃべらせようったって、むだだぜ」

いちばんの秘密は、母さんのあの言葉をおじさんに教えてしまったことだ。いや、それよりも、小さな酒場の二階で見た、おじさんと春江《はるえ》さんだ。英治がハチにさされたことも、傷口《きずぐち》にオシッコをつけられたこともぜったい秘密だ。けれど、これは早くもおもしろい思い出にすりかわっていた。

「また来てね」

宗太《そうた》はおばさんのかげにかくれるようにして、恥《は》ずかしそうにいった。

「この次は妖怪《ようかい》、ぜったいつかまえようね」

「うん」

英治《えいじ》はうなずいてほほえんだが、二度と会えないだろうことは、ふたりともわかっていた。

第五章　さらわれて

英治《えいじ》が小学校にあがって、しばらくたったころのことだ。

その日、父さんは問屋に行くといって出かけていた。

どんよりとした天気が朝からつづいていて、英治が下校してきたあとも、客足はとだえがちだった。こんな日は幸次《こうじ》おじさんも、茶の間の上《あ》がり框《がまち》に腰《こし》をかけて、ゆっくりお茶を飲む余裕《よゆう》があった。

英治は手もちぶさたに店に下りて、商品棚《しょうひんだな》のあいだをのろのろ歩きまわった。どの棚にはどんな靴《くつ》が、どの陳列《ちんれつ》ケースにはどんな下駄《げた》や草履《ぞうり》がならんでいるか、目を閉《と》じても見えるほどなれ親しんだ店である。

ならべればすぐに売れていく靴もあれば、思いだせるかぎりずっとおかれたままの下駄があることも知っていた。どうしてなのかはわからなかったが、そういう事実があることは知っていた。

「こんにちは」

年配の男が店に入ってきて、形ばかり一瞬《いっしゅん》、帽子《ぼうし》をつまみあげた。

「あ、校長先生じゃないですか」

幸次おじさんが立ってきてそういうまで、つばのある帽子のせいで、英治はそれが校長先生だとはわからなかった。

「おっ、新入生だね。学校にはなれたかい？」

校長先生は英治《えいじ》の頭をぐりぐりとなでた。

英治はあいまいにうなずいて、おじさんのかげへあとずさった。

桐塚屋《きりづかや》はこのあたりでは知らぬ者とてない老舗《しにせ》の履《は》き物屋《ものや》だったし、地元の小学校の指名店にもなっていた。学校の上履《うわば》きは、みんなが桐塚屋で購入《こうにゅう》した。

おじさんの長男はもう高校生になっていたが、次男も、美子《よしこ》姉ちゃんも、そして英治も同じ小学校に通っているので、校長はもちろん、たいていの教師《きょうし》とみな顔なじみだった。

「おーい、校長先生がおいでたよ」

おじさんが店の奥《おく》に向かって声を上げれば、雪乃《ゆきの》おばさんと母さんが顔を出し、ひとしきり世間話に花が咲《さ》いた。

英治は一、二歩しりぞいて大人たちのやりとりをながめていたが、先生の口の動きから、先週の朝礼で先生が全校生に向かって熱っぽく話をしたのを思いだした。

人には親切にしなさい。そうすれば、その親切はかならず自分に返ってくる。でも、それを期待して親切にするのではいけない。親切にしたいという純粋《じゅんすい》な心が、なによりも大事なのだ……。

校長先生はそんなようなことを、ながながとしゃべった。

英治《えいじ》は朝礼がはじまったとたんに退屈《たいくつ》してしまい、熱心にきいていたわけではなかったが、だれかに親切にしたことなどない気がしてかすかに居心地《いごこち》が悪かった。そのうちすっかり飽《あ》きてしまい、右足に、左足に、体重をかけなおしながらあたりを見まわした。

すぐ前に立つ哲夫《てつお》がズックのかかとをふんでいるのに気づくと、みょうに気になってしかたがなかった。

うちで買ったズックなのに。

「で、今日はなにかお入りようで？」

だいぶたってから、おじさんがたずねると、

「ああ、そうだった」

と、校長先生はスリッパをならべた棚《たな》へ歩いていった。

「しっかりしたつくりのがほしいんだよ。底があついのが。革《かわ》がいい」

「なら、こちらでは？」

「ああ、それがいい」

校長先生はためし履《ば》きもせずに買いものをすませると、ポケットからていねいに折りたたんだチラシをおもむろに取りだした。

「じつはね、わたしの書がコンクールで入賞《にゅうしょう》してね」

「ほう、それはおめでとうございます」

おじさんがいったのにつづいて、おばさんと母さんも、「おめでとうございます」と、唱和した。

「これです。知ってますか？」

小さなチラシの上へ目を寄《よ》せてから、だれもがもうしわけなさそうに首をかしげた。

「なかなか有名なコンクールなんですよ。それでね、デパートの画廊《がろう》でね、入賞作品が展《てん》示《じ》されるんですよ。町に出ることもあるでしょうから、ついでがあったら見てやってください」

帽子《ぼうし》をちょいとつまみあげて校長先生が出ていくと、おじさんが笑った。

「書の宣伝《せんでん》も高くつくわな」

「だれが行く？　行かないわけにいかないでしょう」

雪乃《ゆきの》おばさんはあきらかに迷惑《めいわく》そうにいってから、おじさんと母さんをふりかえった。

そうなると、立場上、母さんが手をあげることになる。

「わたしが行きましょうか。菓子折《かしお》りのひとつももって行かなくちゃいけませんよね」

「そうね。校長先生は口がおごってらっしゃるだろうから、なににすればいいかね？」

「酒でいいじゃないか」

おじさんが口をはさんだ。

「お義兄《にい》さん、お酒なんて重たいじゃありませんか」

こうして大人たちは、どうでもいいことをわざわざめんどうにして、いつも頭をなやませている。

それより……。

「ねぇ、母さん、ショってなに？」

「お習字みたいなものよ」

「じゃあ、どうしてお習字っていわないの？」

「ぜんぜんちがうからよ」

英治《えいじ》はため息をついた。

母さんもため息をついたが、それからふと思いついて、

「じゃあ、英《えい》ちゃんと美子《よしこ》もいっしょに来なさいよ」

と、いった。

「帰りにデパートでソフトクリーム、食べさせてあげるから」

そのひとことで、英治《えいじ》は天にものぼる気持ちになった。


日曜日の画廊《がろう》は、思いのほか人の出入りが多かった。母さんは受付で三人ほど待ってから、手土産《てみやげ》のウイスキーをあずけ、記帳台におかれた帳面に筆で名前を書いた。桐塚屋《きりづかや》という屋号を加えるのも忘《わす》れなかった。

英治は母さんのそぶりから、それが今日いちばんの大事な仕事らしい、と思った。

「あ、あなたたちも名前、書きなさい」

母さんにいわれ、姉ちゃんと英治は鉛筆《えんぴつ》を借りて、それぞれ「桐塚美子」、「きりづかえいじ」と書いた。

あとから帳面を見た校長先生がよろこぶといいな、と思った。

画廊の中へ足をふみいれると、白い壁《かべ》にはお習字のオバケみたいな字や、なぐり書きの絵にしか見えないものが、大小の額《がく》にかざられたり掛《か》け軸《じく》になったりして、たくさんかけられていた。

「ねえ、読める？」

数枚《すうまい》の額《がく》の前を通りすぎてから英治《えいじ》がきくと、姉ちゃんは「しっ！」と、指を立てた。

どれを見ても、まったくおもしろくもなんともなかった。

「校長先生の、どれ？」

「いま、探《さが》してるとこよ」

母さんは見物客をよけながら、そそくさと歩いていった。

そこここで立ち話をしているのは、出展者《しゅってんしゃ》とその家族や友人たちだろう。

「あ、これだわ」

大きい額の前で、ようやく母さんは立ちどまった。

英治は、あらためてがっかりした。太いヘビがのたくったような字は、なにがなんだかさっぱりわからなかった。せめて校長先生の書は、ほかの人のよりおもしろいかと思っていたのだ。

「なんだって？」

今度は姉ちゃんがたずねた。

母さんはすぐには答えなかった。母さんにも読めないのかもしれない。額《がく》の下にはってある札に目を近づけ、たしかめてから「泰然《たいぜん》」と、答えた。

「タイゼン?」

英治《えいじ》はオウム返しにいった。

「どういう意味?」

「ゆったりしてるってことです」

「どうしてゆったりしてるの? 校長先生が?」

「いいから。そういう意味なの」

「変なの」

姉ちゃんがまた、「しっ!」と、いった。

「あなたたち、先に外へ出ていなさい。しずかにね。遠くへ行っちゃだめよ」

画廊《がろう》の外へ出ると、英治は同じ階の反対側にあるレストランが気になってしかたがなかった。画廊とレストランのあいだを、ひとり何度も往復《おうふく》して母さんを待った。もはやソフトクリームへの期待しかなかった。

そして、ソフトクリームだけは、けっして期待を裏切《うらぎ》らなかった。

都会の目抜《めぬ》き通りを行きかう人びとは、なんとなくあかぬけて華《はな》やいでいるのが子どもにも感じられた。普段着姿《ふだんぎすがた》の人びとでにぎわう地元の商店街とは、あきらかに雰囲気《ふんいき》がかけはなれている。エプロン姿のおばさんや、はちまきをしめたおじさんなど、ひとりも見かけなかった。

姉弟《きょうだい》はなんの変哲《へんてつ》もないセーター姿だったが、よそ行きの着物を着た母さんと手をつないでいると、この目抜き通りを歩いているだけで都会の一員になったような高揚感《こうようかん》があった。口の中にはソフトクリームの甘《あま》さも残っていた。

しかし、やがてとつぜん目をうばわれたのは、場ちがいというほかない異様《いよう》な光景だった。

軍帽《ぐんぼう》と思われる帽子をかぶった三人の男たちが、舗道《ほどう》のわきで白装束《しろしょうぞく》に身を包んでいた。松葉杖《まつばづえ》をささえに立つひとりは棒《ぼう》きれのような義足《ぎそく》を人目にさらし、首から白い箱を下げ頭《こうべ》をたれていた。あとのふたりは土下座《どげざ》をするように両手を舗道についていたが、ひとりは右腕《みぎうで》が、もうひとりは両腕とも、いかにも取ってつけたような細い金属製《きんぞくせい》の義手だった。

ふたりの前にはさびた缶《かん》がおいてある。ものごいをしているのだ。

これほど痛《いた》ましい人間は見たことがなかった。だからこそ、美子《よしこ》と英治《えいじ》の目は男たちに釘《くぎ》づけになり、それまでは軽やかだった足取りが思わずとまりそうになった。

母さんが、つないだ手を強くひっぱった。

「じろじろ見るんじゃないの」

母さんは耳もとで強くささやき、そそくさと男たちの前を通りすぎる。

声に出してはいけない、とわかった。思わず心の中で叫《さけ》んだ。

だれ？　どうしたの？

まるでそれがきこえたかのように、母さんは押《お》しころした声で答えた。

「傷痍軍人《しょういぐんじん》さんよ」

ショーイという言葉はわからなかった。が、軍人という言葉と男たちの姿《すがた》から、戦争で負傷《ふしょう》した兵隊だとわかった。

行きかう人びとは、その姿がまるで見えないかのように足早に通りすぎる。

いや、見たくないから逃《に》げるのだ。母さんさえ。

首から下げた箱にも、おかれた缶《かん》にも、小銭《こぜに》を入れる人はいなかった。

このとき感じた衝撃《しょうげき》と言葉にできない違和感《いわかん》を、英治《えいじ》は生涯忘《しょうがいわす》れることがないだろう。

お国のために戦ってケガをしたというのに、まるで不名誉《ふめいよ》なことをしでかしたかのように、三人は恥《は》じいって深く頭《こうべ》をたれていた。同時に、ふせた目はどす黒い怒《いか》りに燃《も》えているような気がした。だからこそ、男たちはかたくなに下を向き、だれとも目をあわせないようにしている。なにに対する怒りなのか、英治《えいじ》には想像《そうぞう》もつかなかった。

その晩《ばん》、布団《ふとん》に入ってからも、いつまでも目の前にちらつく男たちの姿《すがた》は、やがて会ったこともない太一《たいち》というおじさんに重なっていった。

おじさんも、もしかしたらいまごろどこかで、あの男たちと同じことをしているのではなかろうか？

その想像は男たちの姿とまぜこぜになって、はらっても、はらっても、消えることなく夢《ゆめ》の中まで追いかけてきそうな気がした。


店の前の通りを、日がな一日、ぞろぞろと人びとが行きかった。どこからわいて出たかと思うほどの数だった。

月に一度の「弘法《こうぼう》さん」である。

千百年あまり前、弘法大師《こうぼうだいし》は東へおもむく途中《とちゅう》、この地にとどまり布教《ふきょう》につとめたと伝えられる。その当時建立されたという寺では、弘法大師の月命日、旧暦《きゅうれき》の二十一日に大祭《たいさい》が開かれ、近隣《きんりん》の人びとがお参りに押《お》しよせる。

この日は、寺への沿道《えんどう》はおろか境内《けいだい》にまで、おびただしい数の露店《ろてん》がところせましとひしめいた。食料品をはじめ、衣類や雑貨《ざっか》、道具類、骨《こっ》とう品《ひん》など、ありとあらゆるものがならべられ、そのにぎわいといったらなかった。

桐塚屋《きりづかや》のある商店街はその寺まで一キロ以上もはなれていたが、行き帰りの参拝《さんぱい》客でにぎわい、どこの店にとってもかき入れどきとなった。こんなときは、子どもたちも店の手伝いにかりだされたものだ。

十月の弘法《こうぼう》さんだった。いとこたちは課外活動で帰宅《きたく》がおそかったし、美子《よしこ》姉ちゃんはちゃっかり友だちの家に遊びに行ってしまったので、英治《えいじ》ひとりが店に立った。

おじさん夫婦《ふうふ》と父さんが客をさばいていたが、「ほら、英ちゃん。これ、お願い」と声をかけられれば、英治は売れた品物を包んだり、客が試着後にぬぎすてた靴《くつ》や草履《ぞうり》をもとの棚《たな》にもどしたりしていた。

午後もおそくなってからのことだった。

ふらりと店に入ってきた老婆《ろうば》は、見るからにつかれていた。しばらくぼんやりと店の中を見まわしていたが、履《は》きものが買いたいわけではない。あきらかに迷《まよ》いこんできたのがわかった。

「おばあちゃん、弘法《こうぼう》さんの帰りかね？　つかれちゃったね」

気がついた雪乃《ゆきの》おばさんが声をかけると、老婆《ろうば》はため息をついた。

「半年前に来たときは、なんともなく歩けたんだが」

体力のおとろえにはじめて気づいたかのように、呆然《ぼうぜん》としている。

「ちょっと休んでいったら？　こっち、こっち」

おばさんは老婆の腕《うで》をとって、店の奥《おく》へ連れていった。茶の間の上《あ》がり框《がまち》に座《すわ》らせると、台所にいる母さんへ声をかけた。

「幸子《さちこ》さん、おばあちゃんにお茶をいれてあげて」

老婆は出されたお茶を二口、三口すすってから、二十分ほどぼうっと座っていた。やがてのっそり立ちあがり、肩《かた》にかけたショールを襟《えり》もとまでひきあげた。

それに気づいた母さんが台所から出てきた。

「少しはつかれがとれたかね？」

「ああ、世話になったね」

「いつでも寄《よ》ってくださいい。あ、足もとに気をつけて」

母さんは下駄《げた》をつっかけ、老婆《ろうば》の背《せ》に手をそえて、表通りまで送って出た。日は少しかたむいていたが、人通りはまだ絶《た》えない。

なんとなく気になって母さんが見ていると、老婆は腰《こし》を伸《の》ばしてからのたのたと右方向へ歩いていった。が、数歩先ではたと立ちどまった。思いなおして左へ歩きだしたが、ふたたび立ちどまるまでに時間はかからなかった。行きかう人の流れにとまどっている。

見かねた母さんが、走りよった。

「おばあちゃん、だいじょうぶ？　電車で来たんでしょう？　駅まで息子に送らせますよ」

こうして、英治《えいじ》が最寄《もよ》りの駅まで案内する羽目になった。

店に入ってきたときからの様子をそれとなく見ていたので、英治は老婆とふたりきりになるのは気が進まなかった。けれども、母さんの命令を断《ことわ》ることはできない。みんないそがしいのはわかっている。おまけに、校長先生の訓示《くんじ》まで頭にうかんだ。

人には親切にしなさい。

「はぐれないようにね。手をつないであげるのよ」

いやいや老婆の手をひいて歩きだすと、母さんの声が背中を追ってきた。

「ゆっくりよ」

いわれるまでもなく、ゆっくりとしか歩けなかった。駅までは子どもの足でも数分の距《きょ》離《り》だったが、のたくるような老婆《ろうば》の歩みでは、その倍以上もかかった。

ときどきバランスをくずし、たおれかかってくるので、英治《えいじ》は丸まった体を全身で押《お》しもどした。

老婆は体勢《たいせい》を立てなおすつどくりかえした。

「半年前に来たときは、なんともなく歩けたんだ」

商店街には顔見知りがごろごろいる。

こんなところを友だちに見られたくない。

英治は下を向いて歩いた。

そんなふうだったから、ようやく駅に着くとほっとした。乗車券《じょうしゃけん》の売り場まで連れていったら、お役御免《ごめん》だと思っていた。

「じゃあね」

少々乱暴《しょうしょうらんぼう》に手をふりほどくと、意外なことにしっかりした声で命じられた。

「ちょっと待っとって」

走ってでも帰りたかったが、数歩しりぞいていわれたとおりに待った。もしかしたら、親切にしてあげたお礼にお駄賃《だちん》でもくれるのかもしれない、と思った。

まもなく買ったばかりの乗車券《じょうしゃけん》をかかげて、老婆《ろうば》が笑顔《えがお》でふりかえった。

「庄太《しょうた》、行くよ」

えっ？

英治《えいじ》は混乱《こんらん》した。

ききまちがいかと思った。とっさにまわりを見まわした。だが、しわのあいだから見上げる視線《しせん》は、ほかでもない自分に向けられている。

「ほら、切符《きっぷ》、買ったから」

あらためて骨《ほね》ばった指先を見ると、切符はたしかに二枚《にまい》ある。

背《せ》すじを冷たいものが走った。

「庄太、急がんと。もうじき電車、来るって」

手首をつかまれた瞬間《しゅんかん》、どうしてふりはらって逃《に》げなかったのか、わからない。

老婆の足では、走れば追いつけるはずがない。なのに、なぜか、とうてい逃げられない気がした。

庄太《しょうた》ってだれ？

そういえなかった。

いやだ、行かない。

そういえなかった。

弘法《こうぼう》さんの帰りの客が、改札口へぞろぞろと吸《す》いこまれていく。その人波にのまれたらおしまいだ、と思った。

今度こそ、英治《えいじ》はがむしゃらに手をふりほどこうとした。しかし、筋張《すじば》った指は、かえってがっしりと手首に食いこんだ。長年、農作業をしてきた手だ。

子ども用の切符《きっぷ》をわたされた英治は、もう一方の手をつかまれ、ひきずられるようにして改札を通った。

パチン！

駅員が切符にハサミを入れる音が、みょうに耳についた。

「ああ、混《こ》んどるね」

乗りこんだ電車は満員ではなかったが、通路には乗客が立っていた。それをあっちによけ、こっちによけ、老婆《ろうば》は英治をくいくいひっぱって車両の奥《おく》へ歩いていった。

なぜかいまや老婆《ろうば》の言葉にも足つきにも少しも迷《まよ》いはなく、さっきまでのあぶなげな感じは消えさっていた。別人のようだった。

英治《えいじ》はまず、その事実に面くらった。そして、おそろしくなった。

桐塚屋《きりづかや》での年寄《としよ》りじみたふるまいは、母さんをだますための演技《えんぎ》じゃなかったのか？ ぼくをさらうための……。

身がすくんだ。

「ああ、よかった。あいとるよ」

電車の中ほどに空席をひとつ見つけると、老婆はそこへたどり着くよりはやく、必要以上に高い声を上げた。ほかの人が座《すわ》るのを阻止《そし》するように。

そうして、ようやくもぞもぞ腰《こし》を落ちつけると、今度は英治を無理やり膝《ひざ》に座らせようとやっきになった。腹《はら》にまわした両手を何度もひきよせるが、老婆とあまり背《せ》たけのちがわない英治はすぐに膝をすべりおちる。

周囲《しゅうい》から白い目で見られているのがわかった。まるで自分がわがままな甘《あま》ったれなせいで、祖母《そぼ》に苦労をかけているかのように思われている。

隣《となり》の席のおばさんが見かねて席を立ち、耳もとにささやいた。

「あんまりおばあちゃんに世話をかけるんじゃないよ」

ちがう、ちがう。

かぶりをふるだけでせいいっぱいだ。のどがつまって、言葉が出ない。

老婆《ろうば》がセーターの裾《すそ》をひいて、英治《えいじ》を強引に座《すわ》らせた。

とうとう涙《なみだ》があふれて、ほほを伝った。

それを見たおばさんは気まずくなったのか、それとなく場所を移動《いどう》した。

ガタン、ガタン……。

ガタン、ガタン……。

田舎《いなか》の電車は夕暮《ゆうぐ》れ近い畑の中を走っていく。

実際《じっさい》には二十分ほどしか乗らなかったが、とてつもなく長い時間、ゆられている気がした。信三《しんぞう》おじさんと和歌山《わかやま》へ行ったときの汽車の旅より長い気がした。

大人たちの会話にききおぼえのある駅名が二、三あったが、どこへ行くのか、どこまで行くのか、考えられなかった。英治は鼻をすすりながら、なかばあきらめたような気持ちになっていた。

そのうち、英治はことりと眠《ねむ》りに落ちた。極度の不安と恐怖《きょうふ》から、無意識《むいしき》に眠りの中へ逃《に》げこんだらしい。つかれはててもいた。つかの間のことだったが、時間的な感覚をあいまいにしてしまうにはじゅうぶんだった。だから、「次で降《お》りるよ」と、わき腹《ばら》をつかれたときには、一晩中眠《ひとばんじゅうねむ》っていたような気分だった。

降りたったホームには、駅名を記した看板《かんばん》がきっとあったはずだ。でも、それを探《さが》す知恵《ちえ》もまわらなかった。とにかく遠くへ、父さんや母さんの手の届《とど》かぬほど遠くへ、連れさられたのだ、と思った。

電車の中でしばらく座《すわ》って休んだせいか、老婆《ろうば》はさらに元気を取りもどしていた。

「ああ、ひどい目にあった。半年前にはなんともなかったのに」

あらためてそういってから歩きだすと、舌《した》もなめらかになっていた。

「そういや、隣《となり》のジロ坊《ぼう》が腕《うで》を折ったそうな。寺の柿《かき》の木から、枝《えだ》ごと落ちたげな。和尚《おしょう》がえらく怒《おこ》っとった。庄太《しょうた》は寺の木だけにはのぼるでないぞ」

駅周辺の商店街をぬけると、すぐに田舎道《いなかみち》になった。いまはもう、英治《えいじ》は手をひかれてはいなかったが、しかたなく老婆について歩いていった。

「腹が減《へ》ったじゃろう。帰ったら五平餅《ごへいもち》をつくってやっからな」

五平餅は好きだ。いわれてみれば、たしかにお腹《なか》もぺこぺこだった。

でも……。

「庄太《しょうた》ってだれさ？」

ようやくそうつぶやいた。

老婆《ろうば》はおどろいたように英治《えいじ》をふりかえったが、すぐににっと笑いかえした。

「ああ、思いだしたよ。庄太ってだれさ？　太郎《たろう》のことさ」

歩みはとめずに歌いだした。

「太郎ってだれさ？　道雄《みちお》のことさ。道雄ってだれさ？　ん……だれだったかね？」

老婆は庄太という子と、そんな遊びをしたことがあるのだろう。

ぼくは庄太じゃないのに。

これからぼくはどうなるのだろう、と思った。

もしかしたら、庄太になってしまうのだろうか？

なってしまいそうな気さえしてきた。

うつうつとした気分で十分ほど歩いてから門をくぐったのは、わらぶき屋根の農家だった。老婆が重そうな引き戸を「よいしょ」と開け、広い土間に入ると、気配を察したのだろう。

「おばあちゃん?」

と、中年の女が走りでてきた。

「おそいから心配……」

言葉はすぐにとぎれた。

老婆《ろうば》のわきに立つ英治《えいじ》に気づいたからだ。

「おばあちゃん!」

声が裏返《うらがえ》っていた。

「この子は? どうしたの? どこの子なの?」

老婆は細い肩《かた》をゆらし、うれしそうに笑った。

「庄太《しょうた》じゃないか。おまえも知っとろうが」

「またですか? もう、しっかりしてくださいよ。わたしがお嫁《よめ》に来る前の話でしょう」

それをきいたとたん、英治はくたくたと土間にしゃがみこんでしまった。

ほっとしたのである。この人まで「庄太、おかえり」などといったら、英治はほんとうに庄太になってしまうところだった。

老婆は年をとって、昔といまがごっちゃになってしまっている。それをこの人はわかっている。

そう思っただけで、英治《えいじ》は安堵《あんど》のあまり力がぬけてしまった。それからはじめて声を上げて泣いた。

すると、老婆《ろうば》が当惑《とうわく》してうろうろ歩きまわるのがわかったが、英治はかまわずに泣きつづけた。

女の人が土間へ走りおりて、英治の肩《かた》を抱《だ》き板の間に座《すわ》らせた。

「ごめんね。ごめんね。もうだいじょうぶだからね」

さわぎをききつけて、家の奥《おく》から何人も人が出てきた。

「お母さん、さ、少し横になったほうがいい」

息子と思《おぼ》しき男の人が、そういいながら老婆を家の奥へ連れていく。

「弘法《こうぼう》さんに行ったんだろ？　どうだった？　にぎやかだったろう」

「ああ、えらい人出だった」

老婆は息子に抱きかかえられ、よちよち歩きながら答えた。

「半年前はなんともなく歩けたんだが」

そういった瞬間《しゅんかん》、老婆はもう庄太《しょうた》のまぼろしも、英治の存在《そんざい》も忘《わす》れているようだった。

英治《えいじ》は呆然《ぼうぜん》と丸まった背《せ》を見おくった。そして、セーターの腕《うで》で涙《なみだ》をぬぐいながら、ぼんやりと思いだした。

そうだ、今日は弘法《こうぼう》さんだった。

女の人が顔を寄《よ》せてたずねた。

「ぼうや、名前は？　おうちはどこ？　おばあちゃんと、どこからいっしょだったの？」

「桐塚屋《きりづかや》の英治。おばあちゃんがつかれちゃったから、母さんが駅まで送ってあげなさいって」

「あ、あの下駄屋《げたや》さんの？」

「靴《くつ》も売ってる」

「あ、靴屋さんだったわね」

「ちがうよ。下駄も靴もだ。草履《ぞうり》もある。それに、靴下や足袋《たび》だってあるもん」

英治はここぞとばかりにいいたてた。いままで鬱屈《うっくつ》していた思いを、そんな言葉にして吐《は》きださんばかりに。

おばさんは思わずちょっと笑ったが、すぐに真面目な顔にもどった。

「うん、うん、知ってるわ。昔からのお店よね。これからおうちに連絡《れんらく》するね。お店に電話はある？　すぐに帰れるから、心配しないでね。まずは夕ごはんを食べようね」

おばさんは、事のなりゆきを見ていた息子らしい若者《わかもの》に目配せした。

「駐在《ちゅうざい》さんに行って、すぐに電話してもらいなさい。番号は調べてもらうのよ」

この家に電話はまだなかった。

若者はふたつ返事で戸口を走りでた。

すぐに自転車のタイヤがきしる音がした。

それから三時間ほどのち、父さんがかけつけてきた。数軒先《すうけんさき》で家具屋を営《いとな》む親せきのおじさんが、トラックを出してくれたのだ。こちらが送っていくという若者の申し出を、桐《きり》塚屋《づかや》では、「いや、こちらがむかえに行く」と、つっぱねたらしい。帰りを待つ時間さえもどかしいほど、みな英治《えいじ》を心配していたのだろう。

帰りの車では、英治は父さんに抱《だ》かれて死んだように眠《ねむ》りこんだ。ほっとするあまり、どっとつかれが出たからだ。

でも、手足はひっきりなしに、けいれんしていた。夢《ゆめ》の中に老婆《ろうば》がくりかえしあらわれては仁王《におう》のようにふくれあがり、「庄太《しょうた》、庄太」と、つかみかかってきた。

商店街にはとうに夜のとばりが下りていたが、桐塚屋に面する道路だけは、店からもれでる灯《あか》りでぼうっと明るかった。

長い影《かげ》がふたつ道路に伸《の》びているのは、店の前に母さんと雪乃《ゆきの》おばさんが、じりじりしながら立っているからだ。家の中でじっと待っていることなどできなかった。ときおり道の真ん中まで出ては、綿入《わたい》れはんてんからすくめた首を伸《の》ばし、遠い闇《やみ》の先を探《さぐ》りみた。

ようやっとトラックのライトが近づいてくるのが見えた。合図の警笛《けいてき》が、プップーとなると、母さんは「英治《えいじ》！　英治！」と、ライトめがけてかけだした。おばさんは店の奥《おく》へ走りこみ、「帰ってきたよー！」と、叫《さけ》んだ。

おじさんをはじめ家族全員がばらばらと走りでて、トラックから助けおろされた英治を取りかこんだ。

やっとうちに帰れた。

英治はほっとして、身も心もぼろぼろとくずれてしまいそうな気がした。

「よかった、よかった。無事でよかった」

「もうだいじょうぶだよ」

みんなは口々《くちぐち》にいった。

母さんは細い肩《かた》を痛《いた》いほど抱《だ》きしめて、声を上げて泣いた。

「ごめんね。こんなことになっちゃって。駅まで送ってあげなさいなんて、わたしがいったから」

英治《えいじ》はどうしていいのか、わからなかった。言葉もなくぼうっとしていると、美子《よしこ》姉ちゃんがいつもの調子でいった。

「まったく迷惑《めいわく》なんだから。どうしてついて行っちゃうのよ。バカだね」

おどろいて英治がふりかえると、姉ちゃんはあきれ顔のあごをつんと上げた。

どうしてっていわれても……。

そんなこと、英治にもわからなかった。

翌日《よくじつ》、英治が学校へ行っているあいだに、朝採《あさど》りの野菜を山ほどかかえて老婆《ろうば》の息子があやまりに来た。

子どもをさらわれた怒《いか》りは一晩《ひとばん》で消えるはずもなく、父さんも母さんもけんもほろろだった。それでも、ややあって型《かた》どおり座敷《ざしき》に通すと、息子はすすめた座布団《ざぶとん》を押《お》しやったまま、畳《たたみ》に額《ひたい》をすりつけた。

「庄太《しょうた》というのは、年のはなれた兄なんです」

しばらくすると、息子はようやくそういった。

「かわいい男の子を見ると、母は昔にもどってしまうんです。今回がはじめてじゃないんです。ひとりで出したのがまちがいでした。兄は南方で戦死しました。言《い》い訳《わけ》にもなりませんが」

「そうでしたか……」

怒《いか》りはまたたく間になえてしまった。

父さんと母さんは複雑《ふくざつ》な思いに口を閉《と》ざし、頭《こうべ》をたれるばかりだった。

第六章 子犬たちの行方《ゆくえ》

英治《えいじ》はこのところ小学校を休んでいた。すでに一週間になる。熱や咳《せき》が出るわけでもなく、どこも痛《いた》くもかゆくもない。春先に学校で受けた健康診断《しんだん》のせいらしい、ということしかわからなかった。

そういえば、最近になって医務室《いむしつ》にひとり呼《よ》ばれたことはあった。担任《たんにん》のおばあちゃん先生が見まもる中、医師《いし》は一枚《いちまい》の書類に目を向けながら質問《しつもん》した。

「息が苦しいんじゃないかい？」

英治は一瞬《いっしゅん》、答えにつまったが、そういわれればそんな気がして、「うん」と、いった。もし、「息は苦しくないよね？」と、きかれたなら、同じように「うん」と答えたにちがいない。

母さんが学校へ呼びだされたのは、六月も末のことだった。その直後、あわてて飛びこんだ田辺《たなべ》医院では、老先生はこともなげにいった。

「いまごろいってきて、重病なら死んどるわ」

母さんはあからさまにいやな顔をしたが、老先生は気にもせずにつづけた。

「串本《くしもと》は病人をつくりたがるでな」

串本というのは昨年、田辺先生から校医をひきついだ若《わか》い医師だ。

田辺《たなべ》先生は英治《えいじ》の胸《むね》をとんとん、たたいたり聴診器《ちょうしんき》をあてたりしてから、おじいちゃんの顔になって英治の目をのぞきこんだ。

「咳《せき》が出るかい？」

英治はかぶりをふった。

「息は苦しいかい？」

また、かぶりをふった。

先生は老眼鏡《ろうがんきょう》の下で眉《まゆ》をうんと上げながら、たしかめるようにカルテを見て、「ああ、ほらね」と、母さんに向きなおった。

「五月のはじめに風邪《かぜ》をひいただろう。ぜいぜいしとったじゃないか。あのすぐあとで写真をとってるんだ。だからだよ」

「でも、先生。学校でこんな手紙をいただいちゃ」

納得《なっとく》がいかないふうに母さんがいうと、田辺先生はため息をついた。

「じゃあ、一か月ほど休んで様子を見たらどうかね。そのうち夏休みになるでしょ」

「じゃあ」と、母さんも応《おう》じた。

「そうします」

「レントゲンはもう一度、とってみるから」

この間《かん》、英治《えいじ》は回転椅子《いす》からたらした足をぶらぶらさせながら、先生の背後《はいご》の棚《たな》でほこりをかぶったままの置時計をながめていた。

十一時二十三分。いつも同じ時刻《じこく》をさしたままだ。

先生は英治のほうへ向きなおると、小さな両膝《りょうひざ》をてのひらで包んだ。しわだらけの手はしわの数だけ熱をふくんで、とてもあたたかかった。

「なんの、なんの、だいじょうぶじゃ。好きなようにしていればええ」

「遊んでていいの?」

「ああ、いいとも。なんでもしたいことをしていなさい」

田辺《たなべ》先生は好きだ。いつも、だいじょうぶ、といってくれる。

「あんなん、酒飲みのやぶ医者や。なんもしてくれん。ほかにいないから、やっとられるだけや」

ときどき幸次《こうじ》おじさんはなかば本気でそういったが、少なくとも英治が知るかぎり、先生に診《み》てもらって治らない病気はなかった。

学校帰りの三年生がふたり、今日も桐塚屋《きりづかや》へかけこんでくると、勝手知ったる気やすさでどっと店を通りぬけ、茶の間へ顔をつっこんで叫《さけ》んだ。

「英《えい》ちゃーん、おるー？」

足袋《たび》や靴下《くつした》の陳列《ちんれつ》ケースにかこまれ、かがんで品出しをしていた幸次《こうじ》おじさんが立ちあがり、男の子たちをふりかえって答えた。

「おるよ」

それから、ふたりといっしょになって、「英ちゃーん！」と声を上げた。その声は雪乃《ゆきの》おばさんと咲《さき》ちゃんにリレーされ、やっと英治《えいじ》本人の耳に入った。

建《た》て増《ま》しをくりかえし複雑《ふくざつ》にからんだような古い家の二階から、英治は急ぐでもなく、でも、とんとんと下りてきた。

「ああ、真《しん》ちゃん、敏《とし》ちゃん」

茶の間と店を仕切る上《あ》がり框《がまち》に立って、同級生を見下ろした。

「これ！」

真一《しんいち》はランドセルの中から、わら半紙の包みを取りだしてつきだした。

小学校を休んだ生徒に、給食のパンだけは近所の同級生が届《とど》ける習わしである。その形から、今日も主食はコッペパンだった、とわかる。

食パンの日は、正方形にたたまれた平たい包みだったが、そういう日はまれだった。砂《さ》糖《とう》をまぶした揚《あ》げパンがみんなの好物だったが、英治《えいじ》が学校を休むようになってから届《とど》けられた包みに、まだ油じみを見たことはなかった。

「今日は給食、クジラの竜田《たつた》揚《あ》げやった」

「おいしかった？」

「うん。でも、なんか、ちょっとくさかった。な？」

真一《しんいち》に同意をもとめられた敏昭《としあき》は、まんざらでもなさそうに、

「クジラはあんなだもんね」

と、答えてから、「それよりさ」と、息をはずませた。

「牧夫《まきお》がカタツムリ、みっちゃんの背中《せなか》につっこんだんだ。国語の授業中《じゅぎょうちゅう》にだよ」

真一がにやにやしながら、「そうそう。おもしろかったよな」と、いった。

「うん。みっちゃん、ギャーって叫《さけ》んで、大騒《おおさわ》ぎしてさ。体中もそもそやってもなかなか出てこないから、そのあいだ中、ギャーギャーいってた」

「そうそう。それでさ、スカートの中からぽとっと落ちたときには、つぶれてたんだ、カ

タツムリ。女の子はみんな飛んで逃《に》げちゃって、授業《じゅぎょう》どころじゃなくなって。な？」

「次はカエルにしてほしいよな。そうしたら、授業、二時間はなくなるんじゃないか？」

「そううまく行くかよ」

「ヘビだったら二時間、行けるかな？」

「おれ、ヘビつかめるぜ」

「バカだな。つかめても、つかめないふりしてさわぐんだよ」

敏昭《としあき》が真一《しんいち》の頭をこづいた。

「わかってるってば」

ふたりが盛《も》りあがっているのを見て、英治《えいじ》は学校を休んでいることをはじめて残念に思った。

「へぇ、ぼくも見たかったたな。で、牧夫《まきお》は？　怒《おこ》られた？」

ふたりは顔を見あわせて、くっと笑った。

「職員室《しょくいんしつ》に連れてかれた」

担任《たんにん》のおばあちゃん先生に腕《うで》をつかまれ、廊下《ろうか》を歩いていく牧夫のうしろ姿《すがた》が目に見えるようだ。

「あ、そうだ。宿題は算数の練習帳だからね。二十ページ」

「わかった。ありがと」

「じゃあねー。バイバイ」

真一《しんいち》と敏昭《としあき》は入ってきたとき同様、理由もなく走って店を出ていった。

「ありがとうね」

ランドセルの背中《せなか》を、おじさんの声が追いかけてゆく。

表通りに出ると、なぜか並足《なみあし》になって敏昭がいった。

「英《えい》ちゃん、元気そうだったね」

「うん、病気みたいじゃないね」

「昨日も外で遊んどったもんね」

「ほんとに病気なんじゃろうか？」

男の子たちはいいながらも、言葉にしたほどは疑問《ぎもん》に思わず商店街を歩いていき、それぞれの自宅《じたく》の、真一は魚屋へ、敏昭は呉服屋《ごふくや》へ帰っていった。

英治《えいじ》はふたりの背中を見おくってからも、片手《かたて》にコッペパンをにぎったまま、しばらくぼうっとつったっていた。

授業中《じゅぎょうちゅう》のカタツムリ騒動《そうどう》がありありと想像《そうぞう》できたからだ。女の子たちの悲鳴がきこえた。床《ゆか》に転がったつぶれたカタツムリが見えると、英治《えいじ》はぶるっと頭をふり、その光景を意識《いしき》からふりおとした。

牧夫《まきお》は職員室《しょくいんしつ》にひったてられ教頭先生に大目玉をくらっても、きっと頭をかいてすませるのだろう。口笛なんか吹《ふ》きながらもどってくるにちがいない。ひょうひょうとした図太さが、ちょっぴりうらやましかった。

英治は気を取りなおし、きびすを返すと台所をぬけて勝手口へ向かった。届《とど》けてもらったパンは、クロと鶏《にわとり》のピーコにやることにしている。

ハの字になって土間にぬぎすてられていたおばさんの草履《ぞうり》をつっかけ、路地へのドアを開けた。と、同時に、父さんとぴたりと目があった。おたがいにびっくりした。

父さんは自転車の荷台に、ミカン箱をくくりつけているところだった。

表通りと庭とを結ぶ路地に、以前の敷石《しきいし》はなかった。裕也《ゆうや》が落ちて死んだあと、敷石は撤去《てっきょ》され、いまはのっぺりとしたコンクリートがはってある。そこへ家の壁《かべ》にそって、不用になった家具や板切れなどが雑然《ざつぜん》と積まれている。

父さんがたったいま、手にしているミカン箱も、昨日までそのあたりに積まれていたものだ。

「北村《きたむら》のおばさんのところに行ってくる」

英治《えいじ》がなにもきかないうちに、父さんは目をそらし、そういった。

「子犬をもらってくれる。おばさんの近所にも、何軒《なんげん》か犬がほしい家があるそうだ」

半月ほど前、クロは赤ちゃんを産んだ。

父さんはまとわりつくクロを押《お》しやりながら、一匹《いっぴき》ずつ五回、子犬をつかみあげてはミカン箱にうつした。手つきがいかにもせわしなかった。

午後も三時をまわっている。北村まで行くには、急がなければならないのだろう。

クロはミカン箱に向かって鼻を上げ、子犬たちのにおいを嗅《か》いでは自転車のまわりを走りまわった。

「じゃあ、行ってくる」

父さんは自転車にまたがると、ふりかえりもせずに走りさった。

クロは必死に追いかけたが、かけだしたとたんに鎖《くさり》がぴんと張《は》ってもんどりうち、キャン！　とないた。

英治は深いため息をついた。

しょうがないよ。みんなうちで飼《か》うわけにはいかないんだから。

クロにとも、自分にともなく、心の中で言《い》い訳《わけ》した。

いつもそうだろう？

クロは毎年子どもを産んだ。相手の雄《おす》はどこの、どんな犬かわからない。気がつくと腹《はら》がふくれていた。子犬はたいてい茶色か黒だった。

生まれるたびに、子犬たちは親せきや、その知り合いにひきとられた。クロだって、そうやってもらった犬だ。英治《えいじ》が学校から帰ってきたときには、子犬はいなくなっているのが常《つね》だった。

「母さん、子犬は？　いなくなってる」

気がつくとすぐ、あわてて走っていくたびに、母さんは台所仕事をしながら背中《せなか》で答えた。

「父さんが西川《にしかわ》のおじさんの家に届《とど》けたよ。近所でわけてくれるって」

西川は城山《しろやま》になったり、砂川《すなかわ》になったりした。おじさんはおばさんになったり、おばあさんになったりした。親せきは数えきれないほどいる。

父さんの自転車はまたたく間に表通りへ消えてしまったが、クロは鎖《くさり》を目いっぱいひっぱったまま吠《ほ》えつづけていた。首輪がのどをしめつけていたが、かまわず前のめりになり、全身を波打たせて吠えていた。

悲鳴にきこえた。

「クロ、おいで」

英治《えいじ》はこれ見よがしにパンの包みをかかげ、気をひこうとしたが、ふりむくそぶりも見せない。

「クロ! クロ!」

何度か呼《よ》んだ末に近寄《ちかよ》って鼻先にパンをさしだすと、においにつられてしかたなく、のろのろついてきた。

「今日もコッペパンだよ」

わら半紙の包みを開き、朝からおきっぱなしになっていた食器がわりの古鍋《ふるなべ》に、ちぎったパンの半分を入れてやった。

クロは最初、気もそぞろで鍋には見向きもしなかったが、英治がちぎったパンを一切れ口の中へ押《お》しこむようにすると、ようやく食べはじめた。その後はガタガタ鍋をゆすりながら、またたく間に平らげた。すると、さらにほしくなって、パンのほうへ鼻先を上げた。

クロが動くたびに、首輪と犬小屋を結ぶ鎖《くさり》がチャラチャラと音をたてる。いくつものたれさがった乳首《ちくび》から、お乳《ちち》がぽたぽたとたれた。

英治《えいじ》はふと、鎖をはずしてやりたい衝動《しょうどう》にかられた。

自由にしてやったら、クロは迷《まよ》わず子犬を追いかけていくだろう。

牧夫《まきお》なら……やるかもしれない。

でも、たったいまは、クロは残りのパンをほしがっている。ステップをふむようにしてちょっとあとずさり、英治の正面にきちんとおすわりした。

「残りはピーコのだってば」

英治はパンをもつ手をひょいと遠ざけたが、思いなおして残り半分も鍋《なべ》へ入れてやった。それがクロにしてやれる、せめてものことだった。

二階に上がった英治は、真一《しんいち》と敏昭《としあき》が知らせてくれた宿題をすませてから、寝《ね》ころがってまんがを読んだ。くりかえし読んでいる古い雑誌《ざっし》だ。

窓《まど》の下からは、ときおり思いだしたようにクロの吠《ほ》える声が上がってきた。普段《ふだん》はめったに吠えることのない犬である。

去年もこんなふうに吠えたっけ？

「明日になれば忘《わす》れるから」

母さんが、そういった気がする。

もしかしたら、雪乃《ゆきの》おばさんだったかもしれない。

そのうち、美子《よしこ》姉ちゃんが学校から帰ってきた。

英治《えいじ》はまんがの上へうつぶせになっていた顔を、ひょいと上げて報告《ほうこく》した。

「クロの赤ちゃん、父さんが北村《きたむら》のおばさんちにもってった」

姉ちゃんは、「ふうん」と、気のない返事だ。

それから、ランドセルの中身をごそごそ出しながら、そっけなくいった。

「毎年、取りあげられちゃうんだから、赤んぼなんか産まなきゃいいのにさ」

英治はびっくりして畳《たたみ》に座《すわ》りなおした。が、どう反応《はんのう》していいのか、わからない。呆然《ぼうぜん》としているうちに、姉ちゃんはさっさと教科書を片《かた》づけると、とんとんと階段《かいだん》を下りていってしまった。

名づけようのないものが胸《むね》にふくらんできた。

姉ちゃんは汚《きたな》いものがきらいだ。動物は不潔《ふけつ》だ、と思っている。クロや、いなくなってしまったトラでさえ。

ふと姉ちゃんの背中《せなか》にカタツムリをつっこんでやりたい、と思った。カタツムリなら庭を探《さが》せばかならずいる。路地の塀《へい》をはっていることもある。

カタツムリにだって、いろんなのがいる。ときどき見るからに殻《から》のうすそうなのもいる。すぐにつぶれそうなのがいい。

きっと怒《いか》りくるうだろうな。鬼《おに》みたいに。

そうでなくても、いつだって姉ちゃんは、ちょっと鬼みたいなんだから。

ぼくが入れたとわからないように、入れる方法はないかな？

かたむいた日が部屋に残る光をじょじょにひきとっていくころ、畳《たたみ》に寝《ね》ころがってそんなことを考えているうち英治《えいじ》は眠《ねむ》りこんだ。開けはなした窓《まど》からひんやりとした空気がひたひたと入ってくる。英治自身が殻のないカタツムリになって丸くなった。

「英ちゃん、ごはんだよー」

階下からおばあちゃんに呼《よ》ばれ、はっと目覚めたときには、あたりはすっかり暗くなっていた。

茶の間へ下りていくと、いつものようにおばあちゃん、いとこの雄二《ゆうじ》と美子《よしこ》がすでにちゃぶ台に向かっていた。大きいほうのいとこは遠くの学校へ通っているので、帰りがおそい。

「ほら、はやくしてちょうだい」

母さんが炒《いた》めものの大皿をはこんできた。

英治《えいじ》が急いで定位置に座《すわ》ると、咲《さき》ちゃんがつぎつぎにごはんをよそった。雄二《ゆうじ》は「いただきます」をいうまでもなく、ごはんに炒めものをのせてかきこんでいる。おばさんが煮《に》物《もの》やみそ汁《しる》をはこんで、台所と茶の間を往復《おうふく》する。

「勉強はしたの？」

立ったまま母さんがきいた。

「宿題、やった」

「教科書は？」

「……」

「どこまでやったか、真《しん》ちゃんたちにきかなかったの？」

英治はかぶりをふった。

カタツムリのせいだ。

「ちゃんときいて、教科書を読むくらいはしとかないと。二学期になってからこまるでしょう。明日は忘《わす》れないようにききなさいよ。わからないところは、お姉ちゃんに教えてもらいなさい」

「いやだよ」

先にとがった声を上げたのは美子《よしこ》だった。

「いいよ」

英治《えいじ》も負けずにいいかえした。

「わからないとこなんて、ないし。ぼくがわからないとこは、いつだって姉ちゃんもわからないもん」

「ふぅん、そういうことというんだ。二度と教えてやらないから」

「いいもん。父さんにきくから」

そういってから、はたと気がついた。

父さんは……もどっている！

茶の間と店のあいだに、食事中は障子《しょうじ》をひいた。買いものに来た客からちゃぶ台が丸見えになるからだ。

なのに、障子越《ご》しにも、店で立ち働く父さんの気配がわかった。

北村《きたむら》のおばさんは電車に乗ってときどき町へ買いものに出てくるが、英治《えいじ》はおばさんの家に行ったことがない。遠いからだ、と思っていた。自転車で往復《おうふく》するには、うんと時間がかかるだろう。夜にならなければ帰ってこないはずだ。

なのに、たったいま、父さんは客のうわさ話にあいづちを打っている。あ、ちょっと笑った。今度は、おじさんと倉庫の在庫《ざいこ》について言葉をかわしている。

うそだ！

思わず叫《さけ》びそうになるのを、ぐっと押《お》しとどめた。

「ごちそうさま」

ひとりになりたかった。

考えをまとめたかった。

「ちっとも食べとらんよ」

おばあちゃんがいった。

「すぐにすねるんだから」

美子《よしこ》のとんがった声もきこえなかった。

食べのこしたごはんにみそ汁《しる》をかけ、英治は立ちあがった。

「クロにやってくる」

路地のうす暗がりに英治《えいじ》はしゃがみこんでいた。クロがねこまんまを食べおわってしまってからも、英治は鍋《なべ》に目を落としたまま身動きもしなかった。

うそだ。

うそをついている。父さんも、母さんも。

姉ちゃんも知っているのかもしれない。

知らなかったのは、きっとぼくだけだ。

子犬たちは捨《す》てられたのだ。

もしかしたら、その事実より、それに気づいた衝撃《しょうげき》のほうが大きかったかもしれない。

去年の夏、雪乃《ゆきの》おばさんに連れられ、西川《にしかわ》のおばさんの家に遊びに行ったことがある。前年に生まれたクロの赤《あか》ん坊《ぼう》を、父さんが届《とど》けた先だ。雄二《ゆうじ》と美子《よしこ》、近所に住む西川の孫《まご》娘《むすめ》ふたりもいっしょだったので、まるで遠足のようだった。

西川では子どもたちが待ちうけていて誘《さそ》ったので、雄二と英治はよろこんで裏山《うらやま》で遊んだ。斜面《しゃめん》の草はらをごろごろ転がりおちたり、木のぼりをきそったり、ネコヤナギの枝《えだ》にしがみついている子を落とそうとして枝《えだ》に飛びついてひっぱったり、服のまま用水路に足から飛びこんだりもした。田舎町《いなかまち》とはいえ商店街に住むふたりにとって、自然相手のちょっぴりあらあらしい遊びは新鮮《しんせん》で腹《はら》の底からおもしろかった。

だから？

気がつかなかった。

いま、思えば、おばさんの家に犬はいなかった。

低い山すそにある農家は庭も家もだだっ広かったが、見なれぬ子どもたちが大挙して押《お》しよせれば、どこにいても犬は嗅《か》ぎつけてかけてくるだろう。

そう……犬はいなかったのだ。

今日だけではない。去年も、そして、それ以前も、父さんはクロの子犬を捨《す》てに行ったのだ。そういうことは、おじさんはやらない。弟である父さんの仕事だ。

いったいどこへ……？

第七章 女《おんな》絵《え》師《し》

「検番には行くんじゃないよ」

母さんから、そういわれて育った。

あらためて考えれば、面と向かっていわれたことは、ほんの二回ほどだったろう。だが、いとこたちも、美子《よしこ》姉ちゃんも、同じことをいわれて育ったのだから、耳にしたことは何度もあるような気がする。

場所だけは知っていた。

どうして？　とは、きけなかった。

あえてきいても、ごまかされるか、怒《おこ》られるだけだ。そういうことは、ままある。

町の中心部をはずれたところに、石づくりの門柱は残っていた。石も年をとる。そうとわかる石肌《いしはだ》をしていた。扉《とびら》はない。もとはあったとしても、とうにくずれおちてしまったのだろう。その前を通れば、中にちらりと廃屋《はいおく》が見えた。

いつもそこは早足に通りすぎた。

でも……いや、だからこそ。

父さんは、あそこに子犬を捨《す》てに行ったんじゃないか？

いったんそう思いついたら、きっとそうだ、そうにちがいない、と思いこんだ。

そもそも検番《けんばん》というのは、芸者や遊女たちの仲介《ちゅうかい》や取りしまりをするところだった。昔の宿場町《しゅくばまち》にはかならずといっていいほど旅の男たちが遊ぶ場所があったが、そこにかこわれている女たちには売られてきた者も多く、足ぬけは御法度《ごはっと》だった。したがって、検番には見張《みは》りの役目もあっただろう。

母さんたちがいま、検番という言葉でさしているのは、古びた門と、門にへだてられた見るからにすたれた一画のことだ。遠い過去《かこ》の遺物《いぶつ》なのに、そこには永久《えいきゅう》に不道徳な空気がよどんでいるように思っている。

子どもたちは親の口ぶりから、意味もわからぬまま、禁《きん》じられた場所にはそれなりの理由があるのだろう、と察していた。

翌日《よくじつ》の午前中、学校を休んでいるのをいいことに、英治《えいじ》はこっそり家をぬけだした。

母さんかおばさんが洗濯物《せんたくもの》を干《ほ》しおわれば、その後、二階へ上がってくることはまずなかった。家事や店の仕事に忙殺《ぼうさつ》されるからだ。おばあちゃんは一階の座敷《ざしき》か茶の間に座《すわ》ったきりだ。昼ごはんまでにもどっていれば、留守《るす》にしていることは気づかれずにすむだろう。

問題はお手伝いの咲《さき》ちゃんだったが、彼女《かのじょ》なら英治《えいじ》がいないとわかっても、ちょっとあたりを探《さが》してから肩《かた》をすくめるだけだろう。そうこうするうち、かならずだれかに用事をいいつけられ、ばたばた走っていくにちがいない。

家から十分も歩けば着いていた。十時ごろには、おそるおそる門の前に立っていた。容易《ようい》に行ける距離《きょり》だからこそ、行ってはいけない、と釘《くぎ》をさされるのかもしれない。本来なら学校にいる時間に、小学生がこんなところへ立っているのは不自然だ。だれかに見られたら、かならずわけを問いただされるだろう。悪くすれば、親か先生にいいつけられるだろう。

そのわずらわしさが、おそろしさと不安を追いやった。英治は門の中へ走りこんだ。表通りからは中の全容が見わたせないように、意図してつくられたのだろうか。門を入ると道はカーブを描《えが》いて奥《おく》へつづいていた。道の両わきにはぽつぽつと廃屋《はいおく》がならぶ。なんの変哲《へんてつ》もない古い民家がならんでいたが、中には風呂屋《ふろや》に似《に》た外観の建物もあった。

人の手が入らぬまま長い年月放置され、照りつける太陽と風雨にさらされたせいで、家々《いえいえ》ばかりか景色全体が色を失っていた。それだけで、門の中の世界は非現実的《ひげんじつてき》なものに見えた。

母犬ゆずりの真っ黒な子犬たちだ。どこに捨《す》てられていようとも、ここでは目につくような気がした。

まだ生きているとしたら……。

「おーい！」

小さな声を上げてから、子犬たちには名前がなかったことに気がついた。

「おーい！」

英治《えいじ》はきょろきょろあたりを見まわしながら、そろそろと廃屋《はいおく》のあいだの道を奥《おく》へ歩いていった。

そのうち、コソッ、と音がしたような気がした。

子犬たちかな？

立ちどまって耳をすますと、また音がした。左手のあばら家の中からだ。

おっかなびっくり様子をうかがっていると、格子窓《こうしまど》の暗がりからぬっと女がのぞいた。

ぎょっとして、立ちすくんだ。

女はつかの間、英治をねめまわしたが、それからゆっくりと腕《うで》をふった。こっちに来い、という仕草だ。袖口《そでぐち》からのぞいた腕の白さが不気味だった。

検番《けんばん》にだれかいるらしい。そんなうわさは思いだしたように、ときおり流れることがあった。路頭に迷《まよ》う者が雨露《あめつゆ》をしのぐためにもぐりこむのだろうが、長居《ながい》をすることはないらしかった。たとえうわさがほんものだとしても、すぐに耳にしなくなるからだ。

だから、たったいま、ここで人に会うとは想像《そうぞう》もしなかった。

人？

もしかしたら、鬼《おに》か妖怪《ようかい》だったりして？

古い蔵《くら》には、小さな妖怪たちが住みついていたじゃないか。

英治《えいじ》はとっさに、菜の花を栽培《さいばい》していた山崎《やまざき》さんの家でのことを思いだしていた。あのときは、逃《に》げまわる妖怪たちをつかまえようと、蔵のうす暗がりを宗《そう》ちゃんと探《さぐ》りまわった。おもしろかった。こわいなんて、ちっとも思わなかったじゃないか。

英治は誘《さそ》われるままやぶれた塀《へい》をくぐり、女が腕《うで》で示《しめ》したほうへそろそろと歩いていった。

家の南側へまわりこむと、戸を開けはなった縁側《えんがわ》に女は立っていた。明るいところで見る顔にしわはなかったが、数えきれぬほど年をとっているような肌色《はだいろ》をしていた。ぼうぼうの髪《かみ》は先だけ無造作《むぞうさ》にたばね、赤茶色の着物は腰《こし》ひもで前をあわせて裾《すそ》をひきずっていた。

母さんやおばさんも普段《ふだん》からよく着物を着る。よそ行きは別として、たすきをかければすぐに家事をこなせる着こなしだ。それを思うと、だらしない身なりだけでも異様《いよう》で不気味だった。

「子どもがここでなにをしている？」

ぶっきらぼうに、しゃがれ声がいった。

何年ぶりかではじめて発するような声だったが、口調が非難《ひなん》めいているのはあきらかだった。

英治《えいじ》はおそろしさに二、三歩、あとずさった。逃《に》げようと思った。が、とっさにぐっと思いとどまり、勇気をふるって逆《ぎゃく》に問いかけた。

「犬を見なかった？」

女はだまったままだ。

意味がわからないのかもしれない。

「黒い子犬が五匹《ごひき》なんだ。父さんが……」

いいよどんだが、英治は思いきって言葉にした。

「捨《す》てに来なかった？」

女はようやく、ほう、というような顔をした。そして、ひと呼吸《こきゅう》おいてから、めんどうくさそうに言った。

「あきらめるんだな。とうに死んでおろう」

とつぜん、英治《えいじ》はむせび泣いた。

泣きながら叫《さけ》んだ。

「わかってるよ。そんなこと、わかってる！」

じゃあ、なぜ探《さが》している？

女がそういったような気がしたが、もしかしたら頭の中にこだましたのは、自分自身の声だったかもしれない。

いったん泣きだしたら、とまらなくなった。

英治はつったったまま、しばらくおいおい泣きつづけた。

最後にはなにを泣いているのか、わからなくなった。どうしてこんなところへやってきたのか、わからなくなった。

いろんなことを洗《あら》いざらいたしかめたい。もしかしたら、そんな気持ちになっていたのかもしれない。これまで見ききし、感じてきたあらゆる理《り》不尽《ふじん》なことを。

どうしようもないのに……。

そんなこと、わかっている。

そう思うと、腹《はら》が立った。なにに対する怒《いか》りだか、ひどく腹が立った。

やがて、涙《なみだ》と鼻水でぐちゃぐちゃになった顔を、両の腕《うで》で乱暴《らんぼう》にかわるがわるこすることには、やけっぱちになっていた。

その勢《いきお》いで、無表情《むひょうじょう》のまま自分を見下ろしている女をきっとにらみつけた。

「おばさんこそ、ここでなにしてるのさ？」

女は目を見ひらいた。

「見ればわかるだろう」

それから肩《かた》をそびやかした。

「絵じゃ。絵を描《か》いておる」

返事の意外さにあっけにとられ、英治《えいじ》ははじめて女の部屋へ目をやった。

襖《ふすま》にかこまれた十畳《じゅうじょう》ほどの座敷《ざしき》だった。畳《たたみ》の上には板や布《ぬの》、紙、筆や小皿が散らかっていた。庭に立つ英治には、紙になにが描いてあるのか、もしかしたらなにも描いてないのかわからなかった。が、絵を描《か》いているといわれれば、たしかにそう思える光景である。

英治《えいじ》は狐《きつね》につままれたような気がした。

商人の家に生まれ育った。周囲《しゅうい》もみな商売人ばかりだ。親せきには農家も多いが、大人のくせに絵を描いている人間は見たことがなかった。絵といえば、図工の時間に子どもが描くものだ。

「どうして絵なんか描いてるの？」

それは率直《そっちょく》な疑問《ぎもん》だった。

今度は女のほうがおどろいたような顔をした。

「絵師《えし》だからじゃ」

エシ？

はじめてきく言葉だった。

絵描きのことだろうとは思ったが、その響《ひび》きには浮世《うきよ》ばなれしたものがある。

あの門をくぐっただけで、やはり異《こと》なる時空間に入ってしまった。そんなふわふわした気分になった。

女は不機嫌《ふきげん》そうな顔をしたが、袖《そで》からまた白い腕《うで》を出して、上がれ、というようにふった。

もちろんおそろしかったが、あらがえない気がした。いや、本来なら身がすくむほどおそろしいはずだったが、そこまではないのが奇妙《きみょう》だった。

英治《えいじ》はおそるおそる靴《くつ》をぬいだ。縁側《えんがわ》に上がったはいいが、どうしていいやら途方《とほう》に暮《く》れていると、女はふたたび腕《うで》をふった。

座敷《ざしき》へそろりと足をふみいれると、畳《たたみ》に散らばった紙には蝋燭《ろうそく》が描《か》いてあるのがわかった。どれも芯《しん》が太く、中には三味線のばちのように上に行くにしたがって開いていく形のものや、赤いものもあったが、まぎれもない蝋燭だった。しかも、昼日中に見ても、闇《やみ》を照らすまばゆさと炎《ほのお》のゆらぎがわかるできばえだった。

蝋燭は英治にとって身近なものだ。この時代、予告《よこく》もなく停電《ていでん》が起こることはめずらしくなかったからだ。ことに夜は、ふいに電灯が消えるたびに、大人たちは「あら」とか「またか」などといまいましそうにつぶやいたが、英治はいつも「わぁー！」と、歓声《かんせい》を上げたものだ。いつもの茶の間に魔法《まほう》がかかるからだ。

真っ暗闇の中、おさだまりの場所を手探《てさぐ》りし、おばさんか母さんが蝋燭に火をともすと、その一本を家族全員が取りかこんだ。それ自体、特別な時間だった。小さな光は家族ひとりひとりの影《かげ》を小山のように拡大《かくだい》し、背後《はいご》の闇《やみ》に盛《も》りあげた。英治《えいじ》はいつも、それらの影をおそいかかる機会をうかがっている獣《けもの》のように思った。ふりかえって自分の影《かげ》を直視《ちょくし》するのもおそろしかったが、同時にわくわくもしたものだ。

蝋燭《ろうそく》の炎《ほのお》自体も生きものだった。一瞬《いっしゅん》もじっとすることなく、顔を寄《よ》せ見つめる英治の息にさえ炎をゆらしながら、ときにはかすかにジリジリと音を立てて燃《も》えた。そのかがやきは闇の中で、言葉にできないほどうつくしかった。

そう、蝋燭も、その炎もなじみ深いものだ。たとえ色や形がちがっても。

だからといって……。

「どうして同じものばかり描《か》いてるの？」

「バカをいうな。うまく描けないからじゃないか。だから百年もあきらめられないんじゃないか」

百年も？

英治は機械的に、「ふぅん」といって、自分なりに納得《なっとく》した。

この人はまともじゃないんだ。髪《かみ》の毛《け》も、着物も、言葉づかいも、なにもかもおかしい。

英治はふと弘法《こうぼう》さんの日に、自分をさらったおばあさんのことを思いだした。

だが、三年生になったいまなら、あのおばあさんも当時のようにこわくはない気がした。

「女としては、そこそこ名の知られた絵師《えし》じゃった。襖《ふすま》に描《か》いた藤《ふじ》や牡丹《ぼたん》の花は、花びらが散ったものじゃ」

英治《えいじ》は思わずあごをひいた。

「うそだと思うのか？　評判《ひょうばん》にもなったし、この目でしかと見たこともある。描いたはずの花びらは、たしかに散っておった」

「ふぅん」

あいまいに相づちを打ちながら、ますます確信《かくしん》を強くしたのは、この人はやっぱりまともじゃない、ということだった。

女はあきらめたのか、作戦をかえたようにぶっきらぼうに命じた。

「そこへ座《すわ》れ」

英治がさされたところへおずおずと座ると、女は部屋のすみから文机《ふづくえ》をはこんできた。

「若《わか》いころは日銭《ひぜに》をかせぐために、小屋でこんなこともしたものよ」

「コヤ？」

「見世物小屋じゃ」

文机《ふづくえ》をはさみ英治《えいじ》の正面に陣取《じんど》ると、女はやおら墨《すみ》をすりはじめた。

なにがはじまるのか、想像《そうぞう》もつかない。英治は呆然《ぼうぜん》と女の手もとをながめていた。

女はやがて墨をおくと文机に紙を二枚《にまい》ならべた。それから、同じ太さの二本の筆にたっぷりと墨をふくませた。そのころには、やせた口もとにはうすら笑いがうかんでいた。

「ちょっと横を向いておれ。そのほうがよくわかる」

少しだけ顔を横向けてから目だけ動かして探《さぐ》りみると、女はさっそく和紙に筆を走らせていた。右手と左手にそれぞれ筆をにぎり、英治の横顔を同時に写生している。

おどろいたことに、左右対称《たいしょう》にだ。いっぺんの迷《まよ》いもなくひかれる線の音が、サラサラときこえるようだった。

五分もかからなかった。

やがて、「ん」とも「ふん」ともつかぬ鼻声がしたので、ポーズをといていいのだとわかった。

女がかかげた一対《いっつい》の似顔絵《にがおえ》に、英治は目を見張《みは》った。

自分の顔そのままだった。しかも、横顔どうしはたがいを見つめあっている。こんな絵は見たことがなかった。

すごい！

心の中でしみじみつぶやいてから、思いだしたように顔を上げると、女はいかにも「そうれ、見ろ」と、いいたげな目で見かえしてきた。

だが、その直後、かかげていた絵をぺらりと投げすてた。

「これしきのこと、たいしたことじゃない。こんなことぜったいにできるはずがない。たいていの者は、そう思いこんでいるだけじゃ。だからこそ見世物にもできる」

なにがいいたいのかわからなかった。

英治《えいじ》がぽかんとしていると、女はふたたび二本の筆にたっぷりと墨《すみ》をふくませた。それからその筆を英治に向かってつきだした。

「やり方はいま、見たとおりだ」

英治は畳《たたみ》の上をあとずさった。

「名前を書いてみろ」

「できるわけ、ないよ」

「名はなんだ、ときいておる」

「えっ？　えいじ」

しぶしぶ答えると、女は強引に筆を押《お》しつけてから、左右の人さし指を宙《ちゅう》で対称《たいしょう》に動かして見せた。「え」の字の上の点が左右に開いて「ハ」になる。次の横棒《よこぼう》は中心から、やはり左右に開いていく。

理屈《りくつ》はなんとなくわかる。でも、そんなこと、とうていできそうにない。

一方で、ひきさがれない、という気もした。断《ことわ》れば、女は鬼《おに》と化して自分を飲みこむのではないか。そんな疑念《ぎねん》が頭をよぎった。

筆をもつ手がふるえた。緊張《きんちょう》のあまりのどがゴクリとなったら、筆の先端《せんたん》から、ぽたりと墨《すみ》がたれた。

女があごをくいっと動かし、またうながした。

英治《えいじ》はしかたなく書きはじめた。手どころか全身がふるえ、「え」の字の点はサツマイモのように太くなった。それでも、考え、考え、左右の手を同時に、逆《ぎゃく》方向へ動かした。ただでさえなれない筆で書いた名前は、巨大《きょだい》なミミズがはったような字になった。が、左手で書いた名前は、ちゃんと鏡文字になっていた。思いのほか、かんたんだったことにおどろいた。

「できあがった絵や文字がうまいかどうかは、別の問題じゃ」

英治《えいじ》は素直《すなお》にうなずいた。女のいうことを、少しは信用してもいいような気持ちになっていた。

ところが、次の瞬間《しゅんかん》、女は「ふん」と不満げに鼻をならした。

「なにをむだなことをしておる」

ぶっきらぼうにつぶやいた言葉は、自分自身に向けたもののようだった。とつぜん、英治に興味《きょうみ》を失ったように見えた。

「帰れ。こんなところで子どもがなにをしておる」

豹変《ひょうへん》した女の態度《たいど》に、英治は呆然《ぼうぜん》とした。

「犬も猫《ねこ》もおらん。ネズミもおらん。人がいないからじゃ」

おばさんがいるじゃないか。

そういいたかったが、言葉にできなかった。

「帰れ！」

最後に女は強くいいはなって、背《せ》を向けた。

英治はあわてて縁側《えんがわ》から飛びおりた。ズックをつっかけると、あとも見ずに逃《に》げだした。

小さな庭を飛びだし、息せき切ってそのまままくずれかけた塀《へい》を走りでた。

家へ帰りこっそり二階に閉《と》じこもるためには、庭から縁側《えんがわ》へ上がらなければならない。英治《えいじ》は表通りから路地へ走りこんだ。

とたんに足音をききつけて、クロが犬小屋の中で立ちあがる気配がした。首の鎖《くさり》がチャラリとなったが、英治は気づかぬふりを決めこんだ。

クロに約束したわけではない。だが、子犬たちを探《さが》しだすことはできなかった。いや、そうそうにあきらめてしまったのだ。それどころか、子犬のことなどうっちゃって、得体《えたい》の知れぬ女に魅入《みい》られたようになったではないか。

ふがいなさとうしろめたさから、クロの目を見られるはずがなかった。一瞬《いっしゅん》でも目をあわせれば、すべてをさとられるような気がした。

路地からそそくさと庭へまわり、開けはなたれた縁側をのぞくと、仏間《ぶつま》ではおばあちゃんがうたた寝《ね》をしていた。英治はその背後《はいご》をしのび足で通りぬけ、廊下《ろうか》にだれもいないのをたしかめてから二階へ上がった。

家をぬけだしたことは、だれも気づいていない。まして、検番《けんばん》に行ったことは。

そう思うと、ほっとした。

物干《ものほ》し場《ば》に面した和室にしばらく呆然《ぼうぜん》と立ちつくしていたが、それから気を取りなおし、部屋の中央にちゃぶ台をすえた。さも自習をしていたかのように、国語の教科書とノートを開いて座《すわ》ったが、目はうつろだった。

ついさっきまでのことが、現実《げんじつ》だとは信じられなかった。仏間《ぶつま》でのおばあちゃん同様、自分もたったいままで国語の教科書につっぷして、居眠《いねむ》りをしていたのではないのか？夢《ゆめ》を見ていたのではなかろうか？

だが、夢にしても奇妙《きみょう》だった。あんな女は映画《えいが》でも見たことがない。

娯楽《ごらく》のとぼしかったころ、映画は身近な楽しみだった。この町にも三軒《さんげん》の映画館があった。二軒では邦画《ほうが》を、一軒では洋画をやっている。小さい子どもたちも、大人に連れられてよく映画を見に行ったものだ。

物語のはじまりも終わりもない。時間のあいたときにふらりと入り、映写中のちかちかする光をたよりに暗闇《くらやみ》の中で席を探《さが》す。あの一瞬《いっしゅん》のわくわく感がたまらなかった。小学生になれば小遣《こづか》いをにぎって、子どもたちだけでもどうどうと見に行った。

みんなのお気に入りは、もっぱらチャンバラだ。主人公の侍《さむらい》やおかっぴきが悪党《あくとう》どもをやっつけると、やんややんやの喝采《かっさい》だった。ときにはうさんくさい占《うらな》い師《し》の女や、ゴザをかぶったような老婆《ろうば》が出てくる場面もあった。中でも巨大《きょだい》なガマに乗ってあらわれた妖《よう》怪《かい》のおどろおどろしさは忘《わす》れられない。

が、絵を描《か》く老婆《ろうば》など出てきたためしがなかった。

老婆？　あれは老婆なのか？

年をとっているようには見えないのに、かびくさいようなすごく古い空気をまとっていた。

そして……絵だ。不思議な絵だ。

あれを再現《さいげん》できれば、なにかを信じられるような気がした。

英治《えいじ》は筆箱を取りだし、鉛筆《えんぴつ》を二本つかんだ。両手に一本ずつしっかりにぎると、開いたノートにゆっくりと書いてみた。

　えいじ

　えいじ

左手で書いた名前は、ふるえの目立つつたない文字だったが、こうやれば左右逆《ぎゃく》向きに書けることはあらためてためしてみてもたしかだった。

英治《えいじ》はつづけざまにためしてみた。

かいたはずの花びらは
かいたはずの花びらは

たしかにちって
たしかにちって

はたと手がとまった。

無意識《むいしき》に女の言葉を書いていることにおどろいた。しかも、偶然《ぐうぜん》にもふれたくない記憶《きおく》の一場面とそっくりの情景《じょうけい》だ。

ひらひらと？

風に舞《ま》うひとひらの花びらが、ちらりと見えた気がした。

いや、たしかに見たことがある。忘《わす》れもしない。

ひらひらと……。そして、ひさしの瓦《かわら》にひっかかったのだ。

あのひとひらさえ飛んでこなかったら、裕也《ゆうや》は死ななかった。

いまでもときおりふとしたことで、横《よこ》っ面《つら》を張《は》りとばすようにあの光景はよみがえる。

英治《えいじ》は音を立ててノートを閉《と》じた。

階段《かいだん》をかけおり台所へ飛びこむと、母さんの背中《せなか》へ叫《さけ》んだ。

「お腹《なか》すいた！　昼ごはん、まだ？」


翌日《よくじつ》は朝から雨だった。しっかりした降《ふ》りだった。

これでは検番《けんばん》に行けない。

がっかりしている自分におどろいた。

姉ちゃんが学校から帰ってくれば、ことさらなにかをいわれたり指図されたりしなくても、心底気ままにはふるまえない。姉ちゃんも五年生になったら、さすがに雨が降ってもままごとの相手を押《お》しつけはしないけれど。

だから、いまのうちに。

英治はノートを広げ、また両手書きをやってみた。思いつくまま、いろんな言葉を書いてみた。要領《ようりょう》がつかめてくると、逆向《ぎゃくむ》きに書く左手も、じょじょにうまくはやく動くようになる。

真《しん》ちゃんや敏《とし》ちゃんに見せてやろう。きっとびっくりするだろう。

そのうちふと右手をちゃぶ台に下ろすと、はずみで鉛筆《えんぴつ》が転がった。とめようとした指をすりぬけ鉛筆が畳《たたみ》に転がりおちた瞬間《しゅんかん》、反動で左手に力が入った。同時に、じわりとわきあがる感覚があった。

たったいま、小学校に入学して以来、にぎることを禁《きん》じられている左手に鉛筆がある。

無理無理使ってきた右手より、ずっときれいな字が書けるはずだ。

だが、期待どおりには行かなかった。使いなれぬ利《き》き手《て》は、しまいこんでいるあいだにさびついてしまった伝家の宝刀《ほうとう》だった。

そんなはずがない。

あせって何度書いてみても、目の前にはひょろひょろとふるえた文字が残るばかりだった。

第八章

燃《も》えた蝋《ろう》燭《そく》

前日の雨がうそのように、初夏の日ざしがまばゆい朝だった。

英治《えいじ》が茶の間へ下りていくころには、大人たちは今日もとっくにいそがしく働きだしていた。

子どもたちと咲《さき》ちゃんだけの朝ごはんが終わると、まずは上のいとこが、ついで下のいとこと美子《よしこ》姉ちゃんがばらばらと学校へ飛びだしていく。

そのつど、英治は形ばかり小さな声をかけた。

「いってらっしゃい」

いとこたちは「おう」とか、「うん」とか、うなって出ていくが、姉ちゃんだけはふりむきざまにじろりとにらむか、「ふん」と鼻先を上げるだけだ。

一見どこも悪くなさそうなのに、ながながと学校を休んでいる英治を軽蔑《けいべつ》しているのだろう。でも、それを口には出さなかった。少しは姉らしい思いやりがあるのか、それとも母さんに口どめされているのかもしれない。

母さんと咲ちゃんが洗濯物《せんたくもの》を干《ほ》しおわると、英治は二階の一室にぽつんと取りのこされた。

「国語の教科書、ノートに書きうつすのよ。漢字の練習帳もね。あとで見てあげるから」

せめて母さんにいわれたことくらいは、こなさなければならない。あとで見てくれることは、まずないけれど。

ちゃぶ台をひっぱりだし、形ばかり教科書を広げたが、気もそぞろだった。

飴色《あめいろ》になった柱に、何十年もかかったままなのだろう。保護色《ほごしょく》のように同じ飴色になった古時計が、いまでも動いているのが不思議なくらいだった。時間ばかり気にしていると、目をやるたびに、たったいま、分針《ふんしん》がとまったところでは、と思える。

なぜだか理由はわからない。でも……。

またあの女のところへ行ってみよう。

心はとっくに決まっていた。

何時なら迷惑《めいわく》にならないだろう？

女の都合を考えるなど滑稽《こっけい》だったが、英治《えいじ》はそれが大人に対する配慮《はいりょ》だと思った。

同時に、女は消えうせあの家はもぬけの殻《から》。ただのあばら家に過《す》ぎないかもしれない。

いや、そもそも女など存在《そんざい》しなかったのでは、とも思った。

いらいらしながら時間をつぶし、十時ちょっと前に家をぬけだした。路地からこっそり表通りへふみだすと、商店街の顔見知りのおじさんやおばさんに見つかっても、声をかけるすきをあたえぬよう検番《けんばん》まで走りとおした。

門の中へ走りこんでから、ようやく足をとめた。膝《ひざ》に手をあてて、はぁはぁとあえいだ。

こんなみっともない姿《すがた》は女に見せられない。

が、なかなか息切れはおさまらない。

「なんの、なんの、だいじょうぶじゃ。好きなようにしていればええ」

田辺《たなべ》の老先生はそういったけど、やっぱりどこか、ひどく悪いんじゃないのか。

いちまつの不安が胸《むね》をよぎった。

しばらくしてどうやら息はととのったが、動悸《どうき》はおさまらない。期待や不安、おそれなど、うずまくもので胸がいっぱいだからだ。それでも歩きだしたのは、こわいもの見たさのせいだろうか。

英治《えいじ》はゆっくりと歩いていき、ついにあの家の前に立った。はじめてここへ来たのはついおとといのことなのに、はるか昔のことみたいな気がした。

道路から「こんにちは」と、声をかけてから、この場にはぜんぜん似合《にあ》わない言葉だと思った。

じゃあ、なんといえばいい？

思いつかぬまま、やぶれた塀《へい》をすりぬけ、ぎこちない足取りで庭に入っていった。今日も障子《しょうじ》は開けはなたれている。

おそるおそるのぞくと、女は片膝《かたひざ》をつき、板に布《ぬの》を敷《し》きその上に重ねた紙の上へ身を乗りだしているのが見えた。

いた！

そう思った瞬間《しゅんかん》、ほっとした。夢《ゆめ》ではなかったのだ。

女は一心不乱《いっしんふらん》に筆を動かしていた。

邪魔《じゃま》をしたら、きっといきり立つだろう。女が気づくまで待っているほかない。

英治《えいじ》はいつまでも、じっと立っていた。そのうち、自分がそこにいる場ちがいな感じがじょじょに溶《と》けていき、朽《く》ちかけた景色に同化するような気がしてきた。背中《せなか》をあたためている朝の太陽も一役買っていただろう。

すると、はじめて女とその部屋をとっくり探《さぐ》りみる余裕《よゆう》が生まれた。

はじめて見た瞬間から老婆《ろうば》だと決めつけていたが、女はあんがい若《わか》そうだった。もしかしたら、母さんよりも若いくらいだ。手入れなどしたことがないぼうぼうの髪《かみ》に白いものが多いせいで、老《ふ》けて見えるのだろう。着古した着物のだらしない着方は、絵本で見たやまんばを彷彿《ほうふつ》とさせる。

いや、それよりなにより、百年も置きざりにされたこの場所に、女のまとう空気がしっくりなじんでいる。

胸《むね》の底がざわついた。

鬼《おに》や妖怪《ようかい》ではないにしても、女はやはりこの世のものではないのかもしれない。そんな考えがわく。

今朝も部屋は散らかりほうだいだった。たったいま、意識《いしき》を集中している筆先にしか関心がないのだ。まして、どこのだれかも知らぬ子どもになど。

そう思ったら、少し気が楽になった。英治《えいじ》はズックをぬぎ、仕事の邪魔《じゃま》にならぬよう、そうっと縁側《えんがわ》へ上がった。行儀《ぎょうぎ》よく正座《せいざ》をしてから、女の手もとが見えるところまでそろそろと進んだ。近づきすぎないように注意した。

そんな英治に気づいているのか、いないのか、女は顔を上げる気配もない。

今日も火を描《か》いている。うす闇《やみ》に燃《も》えさかるかがり火だ。メラメラと音を立てるのがきこえそうなはげしい火の手だ。手をかざせばやけどしそうな気がした。

英治はただただ感嘆《かんたん》して、女の筆さばきとできあがっていく炎《ほのお》を見つめていた。

三十分もたったころ、ようやく女は顔を上げた。ほんものの炎《ほのお》に目を焼かれたように、見えない目であたりを探《さぐ》るようにしてから英治《えいじ》に視線《しせん》をとめた。

「この前のぼうずか」

おとといい会ったばかりなのに、この前といった。

「どうだ？」

これは絵のできをきいているらしい。

「蝋燭《ろうそく》よりいいと思う」

英治は思うままを答えたが、女は「ふん！」と、大きな息を吐《は》いたきり、ごろりと横になってしまった。

ぼくのいったことが気に入らなかったんだな、と思った。

そのまま女は眠《ねむ》ってしまったらしい。しばらくしずかに待っていたが、目覚める様子はない。ちょっと残念な気がした。

来たときと同じように、英治はそうっとその場をはなれた。

三日目にしてすでに、女のところへ通うのが日課のようになっていた。

四日目にもなると、女のほうも英治《えいじ》の存在《そんざい》をあたりまえと思いはじめた。たがいに気をつかうわけでもなければ、遠慮《えんりょ》もない。女は仕事に夢中《むちゅう》になると、いっさい口もきかなければ目を上げもしなかったが、気が向けばとつぜん感情《かんじょう》をあらわにしたり、しゃべりだしたりした。英治はそういうときだけ受け答えをしたが、それ以外は女の仕事ぶりをじっとながめているだけだった。いつまで見ていても飽《あ》きることはなかった。

女は常《つね》に絵を描《か》いているわけではなかった。

夏も間近だというのに、部屋のすみには火鉢《ひばち》があり、炭にはいつも火が入っていた。土《ど》鍋《なべ》に湯をわかすためだ。湯の中へさらに小さな鍋を入れて、ゆっくりと煮溶《にと》かすのはニカワだ、とのちに知った。それを使ってこねたノリのような白いものを、幅広《はばひろ》いはけで和紙の表、裏《うら》、とつぎつぎに塗《ぬ》るだけの日もあった。この作業は、おばさんと母さんの役目である障子《しょうじ》の張《は》りかえを思いださせた。

絵筆をにぎっているときは声をかけまい、と決めていたが、いまならちょっとはいいだろう。そう思ってたずねたことがある。

「それって、ノリなの？」

女は手をとめる気配もなく、でも、あんがい気前よく答えてくれた。

「礬水《どうさ》だ」

「ドーサって？」

「ニカワとミョウバンを煮《に》てある。紙に礬水をひかないと、絵の具がにじむんだ」

そういわれても、わかったようでわからなかった。

だが、迷《まよ》いのかけらもない手つきを飽《あ》きもせずにながめていると、自分もはけをにぎったら即《そく》、完璧《かんぺき》に礬水がひけるような気がしてきた。そう思うだけで、うれしかった。

また、絵の具の準備《じゅんび》にも、信じられないほど手間がかかった。小学校の図画なら絵の具はチューブからしぼりだすだけだが、女は紙包みから一色ずつ粉《こな》を小皿に取りだすと、ニカワで溶《と》き、水を加え濃度《のうど》を調節する。その作業はすべて、指の腹《はら》で丹念《たんねん》になすっておこなった。

白い絵の具にする胡粉《ごふん》は、さらに手間がかかった。まずはすり鉢《ばち》でごりごりすって細かい粉にする。それにやはりニカワを一滴《いってき》、一滴、加えながら練りあげていったんは団子《だんご》にするのだ。それを百回でも皿にたたきつけるのを見たときは、びっくりしたものだ。その団子をまたニカワで溶き、最後に水でうすめるとようやく描《か》ける状態《じょうたい》になった。

しかし、なんといっても絵を描くときの女の筆さばきには目を見張《みは》った。下書きもせず、いきなり描《か》きはじめるのは、描くべき形が脳裏《のうり》に鮮明《せんめい》に見えているからだろう。隣《となり》にいるだけでこちらの指がふるえそうな糸のような線にも、ためらいのかけらもない。

色を塗《ぬ》るときは、ときには片手《かたて》に二本の筆をもった。一本の筆で紙に色をおくと、すぐさまもう一本の筆で色をぼかす。この筆には水だけをふくませてあった。

女が紙に筆をおろすたびに、英治《えいじ》は緊張《きんちょう》して知らず知らず息をとめた。

英治は図画や習字が苦手だった。思いどおりの線を描けたためしがない。

こんなふうに描けたら、どんなにいいだろう？

どうしてこんなふうに描けるようになったんだろう？

あるとき、女が仕上げた一枚《いちまい》をまんざらでもなさそうにながめているところへ、英治は思いきってたずねてみた。

「ねぇ、どうやって絵師《えし》になったの？　そんなにうまく描けるようになったの？」

「はぁ？」と、女はあきれたような声を上げた。

「盗《ぬす》んだのさ」

意味がわからなかった。

「見て盗んだのさ。おまえもいま、そうしているんじゃないのか？

うちは御多分《ごたぶん》にもれず、子だくさんの貧乏《びんぼう》でな。はやくに奉公《ほうこう》に出された。口減《くちべ》らしさ。出された先が絵師《えし》の屋敷《やしき》だった。

師匠《ししょう》は絵にしか興味《きょうみ》のない男で、女房《にょうぼう》に逃《に》げられたのさえ気づかないほどだった。掃除《そうじ》や洗濯《せんたく》、いいつかったことだけこなしていれば、細かいことはいわれなかった。少しは子どもらしく遊ぶこともできたのさ。といっても、もっぱら地面にいたずら描《が》きばかりしていた。師匠や弟子《でし》たちの絵をまねるのがおもしろくてな。

ある日、つかいに出された先で手習い帳と筆を拾った。寺子屋の帰りにでも、子どもが落としたか、遊びに夢中《むちゅう》になって置きざりにしたのだろう。返してやりたくても、方法はわからないし、返したくはなかった。うしろめたさはあったが、うれしかった。墨《すみ》はないので水で描《か》いた。水なら、かわけばまた描ける。

こっそりそんなことをやっているのを師匠に見つかっちまった。てっきり怒《おこ》られると腹《はら》をくったが、そんなときも師匠は絵にしか目が行かない。おどろいたことに、見どころがあるといって修行《しゅぎょう》をさせてくれたのさ」

女は宙《ちゅう》に目をうかせたままそこまで話すと、急に口をつぐんだ。

英治《えいじ》は感心してきいていたが、納得《なっとく》はいかなかった。いくら見ていても覚えられないことはある。磐水《どうさ》引きならまねはできそうだったが、絵心のない英治《えいじ》が女の絵をまねて描《か》けるはずがない。女には生まれつき才能《さいのう》があったのだ。

思わず、「いいなぁ」と、つぶやいた。

「なんだ、ぼうず、描けないのか？」

「うん、だめだ」

「そんなことはないだろう。ほれ、なにか描いてみろ」

女は筆をつきだした。

英治はしかたなく筆を受けとったが、あたりに目を泳がせるばかりだった。とつぜんのことで、なにか、といわれても、なにを描けばいいのか？　だいいち、描こうという気持ちになるはずがない。

にぎった筆が腕《うで》ごとかすかにふるえた。

「もしや、左利《ひだりき》きか？」

おどろいた。

どうして？

無意識《むいしき》に、英治は左手で筆を受けとった。それを右手ににぎりなおしたのを、女は見とがめたのだ。

さとられたことに腹《はら》が立った。

「もう直したもん！」

英治《えいじ》は叫《さけ》んで立ちあがり、縁側《えんがわ》から飛びおりた。


次の日は、家に閉《と》じこもっていた。

あんなところ、二度と行くもんか。

どうしてそんなに気にさわったのか、わからない。わからないからこそ、余計《よけい》にいらいらした。

だが、そんなにうろたえるなんて、バカげている。それもうすうすわかっていた。絵筆を両手であつかえる女こそ、元は左利《ひだりき》きかもしれなかった。

だから、やっぱりまたのそのそ出かけていった。

意外なことに、座敷《ざしき》の見た目がかわっていた。正面の襖《ふすま》がはずされ、奥《おく》にうす暗い部屋があなぐらのように広がっていたからだ。

女は畳《たたみ》においた襖を見下ろし、にがにがしい顔つきで立っていた。なにやら思案しているようだった。

その座敷《ざしき》の襖絵《ふすまえ》はもとは野菊《のぎく》の柄《がら》だったらしいが、日に焼けて見る影《かげ》もなかった。ところどころ毛羽《けば》ややぶれも目立った。英治《えいじ》はトラが障子《しょうじ》をやぶいたのを思いだし、その昔この家にはきっと猫《ねこ》がいたにちがいない、と思ったことがある。

そんな襖の一枚《いちまい》を、女はいまつくづくと見下ろし、最後にはため息ともうなり声ともつかぬ長い息を吐《は》いた。

ほんとうはここに蝋燭《ろうそく》を描《か》きたいのだ。紙が傷《いた》んでいて、きっと無理なのだろう。礬水《どうさ》をひいた紙のきらきらする表面を見知っている英治には、それがわかった。

はじめて女をかわいそうだと思った。

すると、女はさっきとは異《こと》なるあらい息を吐いた。

「ふん!」

それから、あたりに散らばっている蝋燭の絵をかき集め、裏《うら》にニカワをちょんちょん塗《ぬ》りつけて襖にはりはじめた。はずしてあった襖ばかりか、ほかの襖にもつぎつぎと。

はりつける絵がなくなったら、いつものように絵の具を溶《と》きだした。いくらでも蝋燭を描くつもりだ。

「何本描《か》くの？」

思わず英治《えいじ》はたずねた。

「百本だ。千本かもしれない」

「どうして蝋燭《ろうそく》ばっかり？」

最初からずっと疑問《ぎもん》に思っていたことだ。

「たのまれたからだ」

「たのまれた？　だれに？」

「蝋燭問屋の隠居《いんきょ》だ」

問屋という言葉はききなれている。それだけで、女の話を信用していいような気になった。

「どういう事情《じじょう》か知らないが、ご隠居は息子たちからうとまれていた。やけになったんだろう。でも、そこは無粋《ぶすい》な貧乏人《びんぼうにん》じゃない。酔狂《すいきょう》なことを考えついたのさ。襖絵《ふすまえ》の藤《ふじ》や牡《ぼ》丹《たん》の花びらが散ったという、例のうわさを耳にしてな」

女は絵の具を溶《と》く指をとめずにつづけた。

「ある日、隠居の別宅《べったく》に呼《よ》びだされた。襖を蝋燭でうめつくしてほしい、という注文だった。炎《ほのお》がほんとうに燃《も》えあがるように描《か》け、なにもかも焼きつくしてくれ、とな」

そんなの、さすがにうそだ、と思った。そういえば、この人はまともではないということを、少しのあいだ忘《わす》れていた。

英治《えいじ》は「ふぅん」と、気のない返事をした。が、それから思いなおしてたしかめてみた。

「ほんとうに燃えたの？　燃えないよね」

「だからまだ描いているんじゃないか」

声に怒気《どき》がふくまれていた。女が急に不機嫌《ふきげん》になったのがわかった。

「ちょっときいただけじゃないか」

英治は口をとがらせた。

「これだから子どもはきらいだ。めんどうだ」

「別に好きになってくれなくていいもん」

好きとかきらいとか、そんなんじゃない。英治にしても、ここへ通ってくるのはそういう感情《かんじょう》のせいではない。

「おまえのことだけじゃない」

ついに女はほんとうに腹《はら》を立てたらしい。

「だから、あんなことになった」

あんなことに?

「なに、いってるの?　わけわかんないよ」

「子どもを殺《ころ》した」

「えっ!」

何日もここへ通ってきて、ただそばにいた。女の素性《すじょう》はなにも知らない。

やっぱり鬼《おに》じゃないか。

でも、もしそうなら、英治《えいじ》も今日まで無事ではすまなかっただろう、と思った。

自ら手にかけたわけではないだろう。なのに、殺した、といっているのではないか?

きっとそうだ。

それなら……。

英治は迷《まよ》わずにいった。

「ぼくもだ」

裕也《ゆうや》の事故《じこ》のことは、いまでも折にふれ思いだす。記憶《きおく》を消すことはできない。でも、心にひっかかったトゲのような思いを、信三《しんぞう》おじさんに打ちあけた。あのとき、春江《はるえ》さんの店からほど近い草はらで。高熱が下がったばかりの朝の白い光の中で。

なにかが解決《かいけつ》したわけではない。でも、おじさんと男どうし、隠《かく》しだてせず秘密《ひみつ》をわかちあった。おそらく、そのこと自体が救《すく》いになったのだ。

だから今度は、百年も自分を責《せ》めつづけている目の前の女に、話すべきだ、と思った。なにを、どう話したらいいのかわからなかったが、とにかく話さなければ、とあせった。

「ぼくも弟を殺《ころ》した」

女はゆっくりと目を見ひらいた。

「ぼくはひさしから花びらをはたき落とそうとしただけだ。でも、裕也《ゆうや》はぼくのまねをして、物干《ものほ》し場《ば》から落ちて死んだ。ぼくがあんなことをしなければ、弟は死ななかった。ぼくのせいだ。ぼくが殺したんだ」

女は落ちつきなく瞳《ひとみ》をさまよわせてから、やがてしずかに英治《えいじ》と目をあわせた。

「あいこか？」

英治は迷《まよ》わず、「うん」と、うなずいた。

すると、女はゆっくりと話しだした。

「ご隠居《いんきょ》の別宅《べったく》にこもって、蝋燭《ろうそく》ばかりを描《か》いていた。描いても、描いても、炎《ほのお》は絵のままだった。そのあいだ、五歳《ごさい》の息子は長屋においてあった。隣《となり》のばあさんが、孫のようにめんどうを見てくれる。それをいいことに、あずけっぱなしで描《か》いていた。いつものことだ。そうやって、生きてきた。

だが、ある晩《ばん》、長屋の一帯が火事になった。めずらしいことじゃない。板と紙の安普請《やすぶしん》だ。江戸《えど》の町はよく燃《も》えるのさ。あわててかけつけたが、まにあわなかった」

江戸の町？

やっぱり……。

「かわいそうに。絵師《えし》の子どもに生まれたりするからだ。なにより絵に夢中《むちゅう》な女のところへなんぞ……」

しゃがれ声はさらにかすれ、最後には消えてしまった。

多分、事の顛末《てんまつ》を言葉にするのははじめてなのだろう。ぼくが信三《しんぞう》おじさんにはじめて打ちあけたように。

女は大きく息をつくと、最後につけ加えた。

「なのに、蝋燭《ろうそく》はまだ燃えない」

ついにすべてが腑《ふ》に落ちた。

だからいつまでも描《か》きつづけるんだ。

おばあちゃんからきいたことがある。強く思いのこすことがあると、成仏《じょうぶつ》できない、と。

「忘《わす》れっぽいのはいいことさ。頭が悪いのもいいことさ。ありがたいねぇ。わたしはなにもかも忘れたでね」

おばあちゃんは仏壇《ぶつだん》に手をあわせるでもなく、そういって、チーン！　音高くおりんをならしたっけ。

うなだれたままの女に、英治《えいじ》はいった。

「おばさんのせいじゃないよ。ぼくだって……ぼくのせいじゃないんだ、ほんとうは」

信三《しんぞう》おじさんのように、じょうずに話せたらどんなにいいだろう。

自分の非力《ひりき》になかば絶望《ぜつぼう》しながら、それでも英治は夢中《むちゅう》でくりかえした。

「おばさんのせいじゃない」


女とのかかわりは終わりに近づいている。

英治にはなんとなくわかった。

悲しいわけではなかったが、別れを先のばしにしたくて、家に閉《と》じこもっていた。

次に検番《けんばん》へ行ったのは、三日ほどあとのことだった。

その日の女は、ふたりでかわした深刻《しんこく》な会話など、ほかの世界においてきたような顔をしていた。もう忘《わす》れてしまったのかもしれない、と思った。

襖《ふすま》にはられた蝋燭《ろうそく》はさらに増《ふ》えていた。

「何本かいいのが描《か》けている。燃《も》えあがるとしたら、最初の一本はあれだろう」

ちらりと細い目をやった先には、どれよりも短くなった蝋燭の絵があった。炎《ほのお》が風に吹《ふ》かれておどっている。まるで生きもののように。

でも……。

「そうかな？　こっちのほうが先だよ」

英治《えいじ》はぐるりを見まわしてから、すみの襖のひときわ長い蝋燭を指さした。

炎とかすかな煙《けむり》が天井板《てんじょういた》めざして、迷《まよ》いなくまっすぐに立ちのぼっている。英治には言葉にできなかったが、立《た》ち姿《すがた》と表現《ひょうげん》したくなる、そのたたずまいが凛《りん》としてうつくしい一本だった。

「ふん」と、女はあらい息を吐《は》いた。

「じゃあ、まだまだだ」

なんの疑《うたが》いもなく、その言葉を信じた。

だが、その夜のことだ。
窓《まど》の外は風が強く、うすっぺらい窓ガラスがひっきりなしに、カタカタと音を立ててい
た。英治《えいじ》はもう布団《ふとん》に入っていたが、風のせいかなかなか寝《ね》つけないでいた。
そのうち、表通りに足音の行きかう気配があった。と、思っているうち、叫《さけ》びあう声が
してにわかにさわがしくなった。
以前にも一度、そんなことがあった。あのときは、近くの店に強盗《ごうとう》が押《お》しいったのだ。
桐塚屋《きりづかや》の一階でも、まだ起きていた大人たちがあわただしく動きだし、くぐり戸を開け
て通りへ出たり入ったりしている。
胸騒《むなさわ》ぎがした。
英治はじっとしていられず、布団をぬけだして階段《かいだん》の上から様子をうかがった。
「なんなの？　うるさいわね」
寝床《ねどこ》の中から姉ちゃんがつぶやいたが、すぐにしずかになった。隣室《りんしつ》のいとこたちは眠《ねむ》
りこけているらしい。

表通りからかけこんできたおじさんが、父さんたちに知らせている。

「検番《けんばん》で火事だ」

ぞっとして総毛《そうけ》だった。

「まあ、いやだ。どうしたのかしら?」

「また、だれかひそんでいたのかね?」

「煙草《たばこ》の不始末とかですよ、きっと」

母さんとおばさんが、口々《くちぐち》にいっている。

ちがう!

英治《えいじ》は思わず柱をつかみ、くずおれそうな体をささえた。

蝋燭《ろうそく》だ!

ついに燃《も》えたんだ!

そう思った瞬間《しゅんかん》うずまいた感情《かんじょう》は、とうてい言葉にできない。けれども、信じられないという気持ちとおどろき、恐怖《きょうふ》にまざって、多分……いや、たしかにうれしさもあった。

ついに燃えたんだ!

はてしない女の苦悩《くのう》を思うと、「やった!」と、手を打ちならす自分がいた。

英治《えいじ》は音を立てて階段《かいだん》をかけおり、茶の間から店の土間に飛びおりた。あっけにとられている母さんたちの横をすりぬけ、裸足《はだし》のままくぐり戸から表通りへ走りでた。

「英治！　なにやってるの？」

「英ちゃん、待ちなさい！」

父さんとおじさんがすぐに追いかけてくるのを感じたが、絶対《ぜったい》につかまらないぞ、と心に決めて走った。

少なくとも、検番《けんばん》に着くまでは。あの家が実際《じっさい》に燃《も》えているのを、この目で見とどけるまでは。

野次馬《やじうま》にまぎれて走り、ついに検番に着いたときには、人垣《ひとがき》で門に近づくことさえできなかった。消防士《しょうぼうし》や消防団《しょうぼうだん》の男たちが大声で叫《さけ》びあい、あわただしくかけまわり、あたり一帯が騒然《そうぜん》としていた。

遠くからでも暗い空に立ちのぼる炎《ほのお》が見えた。煙《けむり》のにおいが鼻をついた。風向きがこちらにかわると、鼻どころか目も痛《いた》んだ。

方角からして、火もとはやっぱりあの家だ。

人びとの頭越《あたまご》しに見える炎は風にあおられ、右に左におどりくるうようだ。一瞬《いっしゅん》もじっとしていない生きもののようだ。そのうち周囲《しゅうい》の廃屋《はいおく》にも延焼《えんしょう》するだろう。

襖《ふすま》を焦《こ》がし天井《てんじょう》に燃《も》えひろがったのは、短い蝋燭《ろうそく》のほうだった。あの人のいったとおりだった。炎《ほのお》の形を見れば、しかとわかった。

英治《えいじ》はあらためて人垣《ひとがき》をかいくぐり最前列に出ると、張《は》られたロープをにぎって、行きかう消防士《しょうぼうし》に向かって叫《さけ》んだ。

「女の人がいる！　あの家に女の人がいる！」

だれも耳を貸《か》さなかった。

何度も叫ぶうちに、自然とだまりこんだ。

あきらめたからではない。

わかっている。

もういない。消えてしまっただろう。二度とあらわれることはないだろう。ここにも、どこにも……。

よかった。

全身から力がぬけていくのがわかった。裸足《はだし》で走ってきた足の裏《うら》が、急にひりひりと痛《いた》みだした。するどいその痛みだけが、意識《いしき》に……の・こ・る……。

英治《えいじ》はくたりとその場に座《すわ》りこみ、そのまま横になった。

「いったいどうして？」

遠くから母さんの声がきこえてくる。まるで霞《かすみ》の中をはうようにして。

「裕也《ゆうや》を亡《な》くしたのに。これで英治まで死んだら、わたしはどうしたらいいのか、わからない」

おいおい泣きだした母さんを、父さんがなだめている。でも、父さんの言葉はきこえない。

「煙《けむり》を吸《す》っただけです。いま、治療《ちりょう》していますから」

医師《いし》の声はちょっととんがっている。若《わか》い医師だとわかる。

ちがうよ。煙なんか吸ってない。

自分の思うことも、なんだか遠くから届《とど》くような気がした。

第九章 チカクサク

じきに夏休みになった。

長期欠席だったので、成績《せいせき》のつけようがなかったのだろう。おばあちゃん先生がもってきた通信簿《つうしんぼ》は、全科目にずらりと2がならんでいた。

母さんはいちべつして苦虫をかみつぶしたような顔をしたが、横からのぞき見た英治《えいじ》はなんの感慨《かんがい》もなく、「ふぅん」と思った。

小さな床《とこ》の間《ま》を背《せ》にちんまりと座《すわ》ったおばあちゃん先生は、いつまでたっても汗《あせ》がひかないようだった。ハンカチで額《ひたい》のしわをしきりにぬぐった。

「もともとお成績はいいんですから」

母さんの出した麦茶をすすっては、また汗をふいた。

「二学期からがんばれば、だいじょうぶ。取りもどせます。宿題は教科書を見ながらやってみてね」

英治は、うん、とうなずいた。

「どうぞよろしくお願いします」

母さんがぺこぺこ頭を下げる。

このぺこぺこには、二学期の通信簿にはもっと大きい数字を、というお願いが暗にこめられていた。

「登校する前に、一応《いちおう》、田辺《たなべ》先生のおゆるしをもらってきてください」

「ああ、それはもちろんです。そうします」


その夏の大事件《だいじけん》はなんといっても、カンちゃんの家にテレビが来たことだった。桐塚屋《きりづかや》にではない。カンちゃんの家にだ。それでも、英治《えいじ》はおどりあがってよろこんだ。

夕方になると、このときばかりは美子《よしこ》姉ちゃんと手をつなぎ、カンちゃんの家へかけていった。金物屋の土間にズックをぬぎすて茶の間に上がりこむと、たいてい何人か先客がいて、テレビの前からわがもの顔に手まねいた。

子どもたちのいちばんのお目当ては、『チロリン村とくるみの木』だった。野菜やくだもの、動物たちが登場人物の人形劇《にんぎょうげき》だ。ことあるごとにカッパが発する「こんきりぷー」というせりふは、意味もなく子どもたちの口ぐせになった。

ちょうど夕食どき、よその子どもたちに茶の間を占拠《せんきょ》されるカンちゃんの家は、さぞ迷惑《めいわく》だったにちがいない。が、カンちゃんにしてみれば、「うち、テレビ買ったぜ」は、「見に来いよ」とか「見に来ていいよ」という寛大《かんだい》さとセットになっていた。

「毎日子どもたちが押《お》しかけて、悪いねぇ」

そういいながら、おじさんと父さんもプロレス中継《ちゅうけい》を見物に通った。最初は母さんもいっしょに行ってみたが、一度で青ざめて帰ってきた。

「血だらけになるのよ。ぞっとしたわ」

白黒の画面でも、血と思えば真っ赤に見えたのだろう。

「あれは客よせの演技《えんぎ》だでね」

まことしやかにおじさんはいう。

「ほんものの血じゃないさ」

父さんもいう。

「きっとケチャップかなにかだ。トランクスの中にかくしてるんだよ」

トランクスという言葉をきいたのは、このときがはじめてだった。

子どもたちは、夕食後に出歩くのはさすがに禁《きん》じられていた。英治《えいじ》ははやく大きくなって、荒技《あらわざ》が飛びかうというプロレスを見てみたいと思った。

検番《けんばん》での一連のできごとは、一日ごとに、十年、五十年、百年前のことのように急速に遠のいていった。思いださない日はなかったが、なにか非現実的《ひげんじつてき》な、夢《ゆめ》の中で起きたことのような気がした。すべては妄想《もうそう》だったのかもしれない、と自分自身を疑《うたが》ったりもした。

長いこと学校も休んでいたじゃないか。どこかひどく悪くて、頭も正常《せいじょう》に働かず、夢うつつだったのかもしれない。最後にはたおれて病院で目覚めたのが、なによりの証拠《しょうこ》じゃないのか？

女が描《か》きちらした蝋燭《ろうそく》か炎《ほのお》の絵を、一枚《いちまい》でももらっておけばよかった。そうすれば、ほんとうにあったことだ、という証拠になっただろうに。

あれから一度だけ、英治《えいじ》は検番《けんばん》へ行ってみたことがある。左右の門柱にはロープが結びつけられていた。風にゆれる細いロープだ。それをかいくぐるのはたやすかったが、同時に、たった一本のロープが英治を断固《だんこ》こばんでもいた。

もともとあの家は、門の外からは見えない位置にあった。いまでもあるのかもしれない。ここからは、ただ見えないだけだ。

しかし、あたりには、はっきりと煙《けむり》のにおいがしみついていた。道路にも、石づくりの門柱にも、空気にさえ。ロープの存在《そんざい》自体、あの夜の騒動《そうどう》をものがたっている。地面のそこここには、消防士《しょうぼうし》たちがふみあらした靴《くつ》のあとが残っている。ひきずられたホースのあとが、門の奥《おく》へつづいている。

夢《ゆめ》でも妄想《もうそう》でもない。女の描《か》いた蝋燭《ろうそく》が燃《も》えあがったのだ。

女はついに執念《しゅうねん》を晴らしたのだ。

おばあちゃんの言葉にしたがえば、ようやく成仏《じょうぶつ》したのだろう。

「やっと描《か》けたぞ」

そういいながら、あの世で息子を抱《だ》きしめているだろう。英治《えいじ》が見たことのない母親の顔になって。

弘法《こうぼう》さんの夜、さらわれた先から父さんに抱かれて家に帰ったとき、母さんが泣きながら抱きついてきたのを、ぼんやりと思いだした。つかれはててすぐに眠《ねむ》りこんでしまったから、強い印象《いんしょう》はなかったが、いまになって母さんの泣き顔がはっきりとよみがえる。女はいま、あのときの母さんと同じ顔をしているかもしれない。

英治はあのあばら家で、ただただ女の仕事を見つめているだけで、なにか自分にあたえられた役目をはたしたような気持ちがした。それだけで、なんとなくやさしい気持ちになれた。

ある日、おやつの団子《だんご》を姉ちゃんにひとつ、さしだしたこともある。

「これも食べていいよ」

姉ちゃんにだって、やさしくなれる気がした。

「なによ。どういう風の吹《ふ》きまわし？」

姉ちゃんは疑《うたが》いぶかくあごをひいた。

「ぼくはもう、一個《いっこ》食べたから」

「ふうん。英治《えいじ》、なんか一皮むけたかも」

「皮なんかむけてないもん」

「字面《じづら》どおりとらないの」

「ジヅラ？　なにそれ。怪獣《かいじゅう》の名前みたい」

「バカだね」

そういう姉ちゃんも、口調は以前より少しやわらかかった。


夏休みには毎年図画の宿題が出る。今年の課題は全学年に共通で、「思い出の景色を絵にしてみましょう」というものだった。

姉ちゃんは、いつもさっさと宿題を片《かた》づけるたちだ。今回は、見たこともない海の絵を描《か》いていた。

「これ、どこ？　海なんて行ったっけ？」

英治《えいじ》が頭をひねると、姉ちゃんはあっけらかんと答えた。

「おばさんが、お盆《ぼん》に海水浴に連れてってくれるってさ」

「そうなの？　でも、それってまだ思い出になってないでしょ」

「行ったあとは思い出になるじゃない。いつ描いたかなんて、先生にはわからないよ」

英治は心の中で、「はい、はい」と、いった。

それから、ぼくはなにを描こう、と考えた。

いちばん心に残っている景色といったら、あのうす汚《よご》れたあばら家をおいてほかにない。

絵皿や紙が散らかりほうだいの、いまにもくずれおちそうな古い部屋。黄ばんだ畳《たたみ》にかがみこみ、長い裾《すそ》をはだけ、絵筆を走らせるやまんばのような女。

いや、それだけはだめだ。たとえ英治の下手な絵にしても、人の目にさらすことはできない。

なら……山崎《やまざき》さんの菜の花畑にしよう。これまで過《す》ごしたどこよりも、解放《かいほう》されのびのびと楽しんだ場所だ。

あの黄色い花の海を、納得《なっとく》いくまで何枚《なんまい》でも描《か》いてみよう。

ある日、姉ちゃんが画用紙を見下ろしざまに、非難《ひなん》がましくいった。

「えっ、それって、もしかしたら菜の花？　季節はずれでしょ」

「思い出に季節もなにもないよ」

「そうはいっても、夏休みの宿題なんだよ。夏の思い出にしたほうがいいよ」

「そんなの、ないもん」

目を閉《と》じれば、一面の菜の花は、脳裏《のうり》でいまも春風にそよぎだす。それを英治《えいじ》は丹念《たんねん》に描いた。小さな花びらの一枚一枚を再現《さいげん》する気持ちで、クレパスを点々《てんてん》と塗《ぬ》りかさねた。

黄色のクレパスだけが、どんどん短くなっていく。

「いったい何枚描くつもり？　どれもかわりばえしないのに」

そんなことはない。

少しずつじょうずになっている。手を、指を、意のままにあやつれるようになってきた。

それこそが目標だ。

姉ちゃんは、英治が左手でクレパスをにぎっていることにまだ気がつかない。

その年の秋のことだ。母さんから、「信《しん》ちゃん、結婚《けっこん》するらしいわよ」と、きいた。

実家の両親はもとより周囲《しゅうい》から、はやく嫁《よめ》をもらえ、身をかためろ、といわれつづけてきた信三《しんぞう》おじさんだ。めでたい知らせだった。

だが、母さんの口ぶりはあきらかに非難《ひなん》がましかった。

「それがね、よりによってね」

田舎《いなか》のおばあちゃんからきいたところによると……。

「相手は年上の水商売の女ですって。しかも、もとの旦那《だんな》といざこざの末に、最近離婚《りこん》したばかりだっていうじゃない」

すぐに春江《はるえ》さんだ、とわかった。

四年前、信三おじさんについて和歌山《わかやま》へ行ったとき、熱を出した英治《えいじ》を介抱《かいほう》し、見たこともない洋風の朝ごはんをつくってくれた女の人をはっきりと覚えている。

隠《かく》れ家《が》を思わせる小さな、でも明るい台所で、おじさんと春江さんはもとから夫婦《ふうふ》のように向かいあって座《すわ》っていた。


「あの人と結婚するの？」

「そういうわけにいかないんだ。あれには亭主《ていしゅ》がいる」

おじさんと英治《えいじ》は拓《たく》くんがむかえに来るのを待って、町はずれの草はらにぎこちなく立っていた。白い朝日をまとってかわした短い会話は、あれ以来ずっと胸《むね》にしまってある。大人の事情《じじょう》はわからない。でも、あれからおじさんと春江《はるえ》さんは、ずっとがまんしてきたんだ、とわかる。そして、ようやく夢《ゆめ》がかなうのだ。

田舎《いなか》のおじいちゃんはだまりこみ、おばあちゃんは公然と不満をもらしているらしい。結婚式《けっこんしき》も実家の座敷《ざしき》で、こぢんまりとりおこなうという。

「どうせそのうちふたりであいさつに来るでしょうし、あなたも来なくていいわよ」

父さんにそういって、結婚式には母さんひとりで出かけていった。

「ぼくも行きたい」

英治はいつになく強くいいはったが、ききいれられることはなかった。

おじさんが春江さんを連れて桐塚屋《きりづかや》へやってきたのは、式の翌週《よくしゅう》のことだった。家族総出《そうで》で出むかえると、苦笑いしていった。

「親せきへのあいさつまわり、お宅《たく》で九軒目《きゅうけんめ》ですよ」

ひさしぶりに会うおじさんと春江《はるえ》さんは、四年分よりもっと年とった感じがした。

いや、きっと着なれないスーツのせいだ。

いくらかげ口をたたいても、本人たちにそれをぶつける人はまずいない。みんな口をそろえて型《かた》どおりのお祝いを述《の》べた。

「おめでとう。お幸せに」

英治《えいじ》は母さんやおばさんの目を盗《ぬす》んで、春江さんに小声であいさつした。

「いつかはありがとうございました」

「まあ、英ちゃんね？　大きくなったわね」

「あのときつくってくれた朝ごはん、あんまり食べれなくてごめんなさい」

春江さんはころころと笑った。

「またつくってあげてよ」

映画《えいが》の中で、きれいな女優《じょゆう》さんしか使わないような言葉づかいだった。

英治はおじさんの耳にもささやいた。

「よかったね、おじさん」

「おっ、ほんものの味方がひとりだけいたな」

「だいじょうぶ。そのうちみんな春江《はるえ》さんのこと、好きになるから」

英治《えいじ》はほんとうにそう思っていた。時間はかかるかもしれない。でも、そのうち春江さんの人柄《ひとがら》は自然と知れるはずだから。

やさしい、いい人だ。おじさんと苦労をともにしてきた人だ。きれいなだけじゃない。きっと強い人でもある。いまは悪口しかいわない親せきの人たちとも、臆《おく》せずまっすぐにつきあっていけるだろう。

英治にはその確信《かくしん》があった。

「春江さん、あっ、もうおばさんになったんだね」

春江さんは、おじさんの横でにこにこしている。

「あのお店はつづけるんですか?」

春江おばさんは、かぶりをふった。

「お店はたたんだのよ」

「じゃあ、いっしょに養蜂《ようほう》をやるの?」

その質問《しつもん》には、おじさんが答えた。

「そうだな。とうぶんはな。先のことはわからんが」

ふたりでトラックに肩《かた》をならべ、花を追って旅をする。山崎《やまざき》さんの納屋《なや》では、お日さまのにおいがするわらの山に眠《ねむ》る。なんてすてきなんだろう。

「いいなぁ」

思わずため息がもれた。

「また来ればいいじゃないか。もうひとりで汽車に乗れるだろう？」

「えっ、行ってもいいの？」

「もちろんさ。英《えい》ちゃんの春休みの予定、教えてくれ」

おじさんが本気だとわかって、うれしかった。

「山崎さんから電報《でんぽう》が来たら、とりあえず知らせるよ」

「電報って？」

「あれ、前に話さなかったっけ？　毎年、時期は少し前後するけど、山崎さんから電報が来るんだ。チカクサクって」

「チカクサク？」

「ちかぢか花が咲《さ》くって意味さ」

「そうか。すごくいい言葉だね」

おじさんはにっこりと笑った。

目じりには、以前はなかったしわが寄《よ》った。でも、そのせいで、笑顔《えがお》はもっと笑顔になった。

「ああ、いい言葉だろう」

「うん」

咲《さ》くのはきっと、花だけじゃない。

作・今井恭子

広島県生まれ。上智大学大学院修士課程修了。日本文藝家協会会員、日本児童文学者協会会員。『歩きだす夏』(学研)で第12回小川未明文学賞大賞を受賞。『こんぴら狗』(くもん出版)で第67回小学館児童出版文化賞、第58回日本児童文学者協会賞、第65回産経児童出版文化賞(産経新聞社賞)を受賞する。ほかの作品に『丸天井の下の「ワーオ!」』『縄文の狼』(ともにくもん出版)、『ギフト、ぼくの場合』『鬼ばばの島』『彗星とさいごの竜』(いずれも小学館)、「キダマッチ先生!」シリーズ(BL出版)など。

画・いとうあつき

イラストレーター。文教大学教育学部心理教育課程卒業。保育士として勤務後、イラストレーターに。著書に『木精』(文・森鷗外/立東舎)『春は馬車に乗って』(文・横光利一/立東舎)、『26文字のラブレター』(遊泳舎)がある。

※本文中にハチに刺された際の処置について描写がありますが、文章内では物語の時代背景を考慮し当時一般にいわれていた内容を掲載しています。アンモニアや尿をかけても効果はありません。刺された場合は、速やかに医療機関の判断をあおぎ、正しい処置をおこなってください。

チカクサク

2024年10月11日　初版第1刷発行

作／今井恭子
画／いとうあつき
発行人／泉田義則
発行所／株式会社くもん出版
〒141-8488 東京都品川区東五反田2-10-2
東五反田スクエア11F
電話　03-6836-0301(代表)
03-6836-0317(編集)
03-6836-0305(営業)
ホームページアドレス https://www.kumonshuppan.com/
印刷／三美印刷株式会社

NDC913・くもん出版・208P・20cm・2024年・ISBN978-4-7743-3825-5

CD 34669

今井恭子の本

犬いっぴき、江戸から金毘羅参りに⁉

こんぴら狗

画・いぬんこ

病気の飼い主・弥生の治癒祈願のため、犬ムツキは、江戸から讃岐の金毘羅さんまでお参りすることに。波乱に満ちたムツキの旅と、道中での出会いと別れ。ムツキの旅を応援し、ムツキの金毘羅参りにささやかな祈りを託す人々の温かさを描く。小学館児童出版文化賞をはじめ、3つの文学賞を受賞した傑作小説。

縄文の狼

画・岩本ゼロゴ

狼と兄弟のように育った少年キセキはある日、狼犬のツナグと好奇心にかられて乗った舟で漂流し、ひとつの村へとたどりつく。1万年以上前の縄文時代を舞台に繰り広げられる、少年と狼たちの絆と進化の物語。

丸天井の下の「ワーオ!」

画・小倉マユコ

読み書きができないディスレクシアという障害をかかえた少女マホは、博物館の丸天井の下でひとりの少年と出会い、ミトコンドリア・イブの物語を語り始める……。

くもんの歴史児童文学

かわらばん屋の娘

森川成美／画・伊野孝行

13歳の吟は、父の稼業であるかわらばん屋の手伝いをしている。ある日、ふたりは見世物小屋の主人からひともうけしようともちかけられる。江戸時代を舞台に、真実を伝えるために命を賭す少女の姿を描く歴史物語。

もえぎ草子

久保田香里／画・tono

中宮のための役所・職御曹司《しきのみぞうし》で下働きをする萌黄は、言葉が紙を通じて広がっていく不思議を知り、次第に紙というものに惹かれていく。枕草子の裏側にあったかもしれない、一人の少女の物語。